La Lampe Dans L'Horloge

André Breton

時計のなかのランプ

アンドレ・ブルトン

扉絵
トワイヤン
訳
松本完治

MMXX IV KYÔTO

ÉDITIONS IRÈNE

Toyen

目次

時計のなかのランプ

時計のなかのランプ

La Lampe
Dans
L'Horloge

現代人が閉じ込められている悪臭を放つこの廊下の奥では、一息つくことは、精神的にほとんど不可能になっている。この廊下は、酔っ払った鼠の記憶にあるようないわゆる《強制収容所的な》[*1]世界と、最終的な打ち抜き器[*2]のひな型が完成して、ほとんど現実化しそうな世界滅亡との間の通路を示している。こうしたことが、未来の人類の啓蒙に役立てられると確信しているならまだ良いが、今や海へ投じた瓶の神話は、他の多くの神話とともに破綻しているのだ。数々の文明が自らをいずれ滅ぶべきものと見なすようになっていた[*3]ことには、慰められもし、教えられることもある。一筋の光が、石棺の蓋からペルーの陶器へ、イースター島の石板へと滑り込み、これらの文明に次々と生命を吹き込んでいた精神が、我々の背後に数々の物質的廃墟を積み重ねている破壊の行程から、ある程度免れて存続しているという観念を残し続けている。我々はせいぜいのところ、この精神が何世紀にもわたってますます深く隠蔽（訳注：秘教化と同義）[*4]されていくのを見てきただけであるが、この隠蔽の謎めいた目的は、人間の叡智を発揮させずにはおかなかったし、そこにこそ、ある偉大なるものの秘密があったのだ。

このような視点の後退と崩壊は、人間という名前に敬意を抱き続けようと望む人々にとって、己れ自身を省み、思考に課された新たな諸条件に対して、ひるむことなく自問することを強いるものだ。良心が揺り動かされ、その基盤が脅かされていることに疑いの余地はない。良心とは、極めて限られた少数の人々に作用するものであるため、それに対立するのは、まず第一に無思慮で無頓着な大衆である。このような大衆は、もはやまったく回避不可能となった時点ではじめて危険というものを自覚するわけであって、それまでの間、自分たちが——漠然としながらも——一般的な危機として感じた状況を責任問題として利用しようと考えているものだ。これは明らかに、その日その日の個人的利益の盲目的追求や放縦さという言葉でしか、彼らのことを表現しようがないわけだ。良心に対立するものとして、さらに深刻なことに、型どおりの因習という歯車装置全体に油がたっぷり塗られているせいで、この歯車は地上に生き残ったひと握りのわずかな人々をも動かし続けるのではないかと訝るほどなのだ。(目先だけのご都合主義によって、あたふたと改変せられた諸党派の旧弊なスローガンが、先般の戦争によって残酷にも切り開かれた大きな精神的広がり、それは新しい思想の芽生えと発展に寄与するものと期待できたのだが、そうしたものを、これほど早く覆い尽くしてしまうなどと、いったい誰が予想したであろうか?)これは、己れの無能のせいで維持できなくなった地位を、最大限の攻撃的態度でもって、必死にしがみついて守ろうとしている連中なのだ。さらに悪いことに、盲目的で狂信的な扇動《デマゴギー》によって不満を煽られた二つの巨大な人間の集団[*5]が、互いに不信感を抱きあい、同じ水車小屋に双方の水が導かれることになるのを承知の上で――この場合、水車小屋という火山に水という油を注ぐようなものだが――自分たちの争いを解決する瞬間だけを待ち望んでいる始末だ。政治・哲学的な面では、唯物論と観念論、この双方の対立がまったく形式的なものであることは、まさに最近の物理学上の諸発見によって十分に証明されたはずなのだが、この双方が、相容れない二つの巨魁のごとく振りかざされている。これらは、いくらかの私利私欲と《国家主義的》利益を保護し、夥しい数にのぼるまぬけ者どもの地位を保証するためなのだ。このような双方の概念的な屍《しかばね》から腐敗が放射され、《闇市場》の取引が、思想の分野にまで自動的に広がるのである。いや、これではまったく言い足りない。なぜなら、そこでは、どちら側も、贋物が主役を演じるからだ。世界の変革は、たしかにこれまで以上に必要であり、比較にならないほど緊急性が高く、全人類に重くのしかかっている共通の脅威があるため、隅々まで考え直されなければならないが、世界の変革という考えは、百年も続いている教条主義に凝り固まった政党[*6]によって独占的な特権として主張されているもので、この党が本来持っていた素晴らしい理想は、党の幹部たちが関与した陰険で下劣な手段によって、とっくの昔から押し潰されてしまっているのだ。悪意と中傷が制度のレベルにまで高められ、あからさまな変節が、己れ自身に対する異論の余地なき首尾一貫した行為として提示され、具体的に主張できる一切の事柄を秘密で囲み込もうとする用心深さ――この用心深さも、階段から響く鈍い爆発や鎖の音から人々の注意をそらせるにはまだ不十分であり――最後には、調和と人間的幸福を執拗に欲求する魚の大量の溺死で終わるのだ。このような暗い道をたどって白昼の光に達することができるとは、まさか本気で考えている者がいるのだろうか？現代の肉体的・精神的なおぞましい悲惨のただなかにあって、我々はあらゆる家畜化に反抗するエネルギーが、ただちに人間解放という任務を再開させることを絶望することなく待ち望んでいる。かつて勝負が――人間の運命全体が賭けられているのだが――これほど不平等な条件で為されたことはなく、私はそれを否定するつもりはない。このように、いかさまの骰子《さいころ》を振られて歴史が進行していくのを目にするのは耐え難いことであり、それは時として、意気阻喪するほどではないにせよ、少なくとも物理的な意味で人間を衰弱させるものだ。マルクスの髭が泡状になり、円を描く彼の壮大なまなざしも、もはや生気がなくなったこのつづれ織りの上では、そこへ導かれたプロレタリア大衆が、己れに帰すべきより良い状況に向かって上昇を遂げたあげく、このような深みに落ち込むのを見るのは、言うまでもなく大変悲しいことである。彼らは目隠しをされ、赤ら顔の祭司によって、どこへ連れていかれるのか、説明すらしてもらえない。彼らは自由を手に入れるはずだった。つまり、これが君たちの自由の限界だと言われているのに、誰ひとりそこから抜け出そうとしないのだ。よく理解してほしいのだが、君たちは人間が生を享受でき、各々の能力や才能のほどを発揮して、生を高らかに謳歌できることを夢見ていたわけだ。手始めに、君たちは金属性の蝿や生き物に満ち溢れたこの部屋に入ることだろう。ところで、つまらないロマン主義者[*7]のことを言えば、彼は自分が生きている間に――まさかとは思うが――この世はこんな世界になるだろうと思っていたのだ。《ここに入って来る者は、一切の希望を捨てよ》と。

我々がこのような状況に立ち到っていることは、何をもってしてもすぐに変えることはできないし、あらゆることを考慮して私は言うのだが、そんな駆け引きを今すぐやってみても徒労に終わるだけだ。このような舞台上では、最も巧妙な逆説も、最も辛辣な詭弁も、早晩その終末を目にせざるを得ないだろう。それまでの間は、人間的な深さとか自発的な自己犠牲という言葉で根拠づけられる一切の物事が、決定的な勝利を収めることはない。しかし、いずれすべては再び新たな根を張るだろう。全面的な欺瞞状態は一時的なものに過ぎなかったということになるだろう。重大な諸問題が、かつてなかったほどの新しい言葉で提起されることだろう。我々はもはや形が損なわれた子孫の幻影を前にして戦慄することはないだろう。少し事情に通じていれば、ローマの円形闘技場の現代版ともいうべき観衆は、まったく規模の異なる舞台シーンが展開する決まり事を知って、もはや熱狂することはないだろう。というのは、今度は、観覧席が闘技場と一体とならねばならぬことを知らされたからだ。

　人々は詩人たちのことを、変わり者で節操のない人間だと非難するであろうか？　現在も刊行され続けている無数の研究書は、詩人たちがこの一世紀以来――彼らによる現代の感受性《センシビリテ》の最も先鋭な部分が――世界の終わりという誘惑に引きずられていたことを、どうして明らかにしないのだろうか？　かつてのマニ教[*8]やサドは、実際に、ネルヴァル、ボレル、ボードレール、クロ、ランボー、ロートレアモン、マラルメといった詩人の精神的姿勢に間違いなく強い影響力を及ぼしているのであり、このような姿勢が我々の姿勢の大半を左右しているのである。彼らのなかで最も狂熱的というわけでもない詩人が次のような率直な発言をしている。「私は気晴らしに、心の中でこんなことを推し測ってみる……やがて途方もない量の石材や大理石や彫像や壁などが互いにぶつかり合うだろうが、そうなれば、それらが夥しい量の脳漿や人間の肉塊や挽き潰された骨などで、ひどく汚れてしまうのではないだろうかとね……」。★＊9 そのとおりだ。しかし、この世界の終わりについて、今日、我々はもはやそれを望んでいないと、私は何ら憚ることなく言うだろう。世界の終わりが形となって見え始め、あらゆる予想に反して、それがまったく不条理であることが分かった時、もはや我々はこうした世界の終わりを望んではいない。人間の疎外だけが、こうした全世界にわたる人事不省状態の原因になり得るのであって、その限りにおいて、我々はこの状態に対して嫌悪の念しか覚えないのである。このような世界の終わりは、より許しがたい人間の踏み外しから生じ、これまでのものより決定的なものであるがゆえに、我々にとってまったく価値のないものであり、痛ましいほどカリカチュア的である。我々が、アインシュタイン教授の巻き毛の中で孵化しているものや、あるいは奇怪な同志スターリンの硬い角刈りの背後に増殖しているものについて、あれこれと自問してみたところで、実際のところ、この最終的な虐殺は、思い描かれていたものとは何の関係もないのだ。このような世界の終わりは、我々のものではない。その可能性が存在する限り、そのことに関して、我々は全面的な方向転換を示し、記号の逆転を意図的に進めることに何の障害も認めないのである。《合理主義的な》思考だけが我々

★ ジョルジュ・ブランからの引用。『ボードレールのサディズム』五三ページ。

に説明を要求し得るが、そうした思考が己れをもすべて消滅させるという無意味性《ノンセンス》を冠した瞬間から、我々はその思考を無視し、それによって我々の予測を正当化し、さらにはその向こう側へ乗り越えて先へ進むことを期待できるのだ。しかも、このような記号の逆転の可能性は、ある純粋な感覚的事実に支配されており、まさにその事実のおかげで、矛盾律は乗り越えられるのだ。ボードレールやランボーやロートレアモンを見れば、こうした例に事欠かない。言うまでもなく、これとはまったく逆のことがこれを否認することであって、そのいくつかの例が最近とみに喧伝されている。私がこだわっているのは、サドが例証したあの大いなる詩的神秘のことだ。彼は大革命の恐怖政治時代に、己れの自由を賭してまで、後世の注釈者たちをひどく困らせながら、死刑に反対の声を上げたのだ。[10]

しかしながら、《黒い》芸術の遺産を拒否し、前世紀の最も偉大な詩人や芸術家たちが掲げた《呪詛》[11]を、燃えさかる手袋のように、これ見よがしに手の甲で払いのけることなど、問題となり得ないだろう。事実、活用可能なあらゆる熱情がこの呪詛から放射され続けている。この呪詛を通して、この呪詛が証立てている非難の効果そのものによって、真の詩人や芸術家たちは、次のような究極的な選択を際立たせているのだ。すなわちひとつは、最もひどく搾取され、迫害されている個人や社会階層と同様のカテゴリーに彼らを直ちに結びつける極貧と長年の悪評、もう一つは、《この世の恵まれた人々》が、善意の中立的態度を通じて、彼らに分配できる経済的利益、この双方の究極的な選択が浮き彫りとなるのである。この点は注意しておきたいが、このことは、彼らがこうした個人や社会階層と密接な類縁性と同盟的関係を有していることを示しており、かつての《社会主義レアリスム》や、現在の《反フォルマリスム》[*12]のスローガンに従属する姿勢を選択するよりも、はるかに強力で解消できない絆を生み出している。さらに人間のあらゆる問題は、はたして精神がその太古の昔からの機能——その複雑さと個人ごとに異なる相互作用こそが、生と闘争との一切の価値を作り上げているのだが——その機能の大部分を、何の罰も受けずに放棄して、単純なプロパガンダの手段に変えられるかどうかを知ることだ。《鉄のカーテン》のこちら側では、我々の幾人かはまだノーと言えるのだ。

もっとも、でたらめで下劣な番人どもには、★

★ とりわけ、いわゆる「革命的シュルレアリストたち（＊13）」。そもそも彼らは、自分たちを飾る二つの称号の組み合わせが、お粗末な冗語であることに気づいていない。

気に食わないかもしれないが

連中は、私の行動をますます間近から監視し、私の歩みに対する挑発を倍加させるという格別な栄誉を私に授けてくれている。付け加えておくが、私と友人が擁護する創造的思考の条件そのもの、つまり時間の制約を受けぬ永続的な条件は、普遍性によって定義されるのであって、マルクスの出現という事実だけで変化するものではなく、ましてやそれが手に負えない勇敢な力である以上、なおのこと、否定されるという危険に屈服するはずがないのである。人間の自由な発見は、マルクス以前から存在しており、彼以後も生き残ってきたのであって、その発見は、神話で語られたように、プロメテウスやルシフェルによって我々の手に委ねられたあの弓を、生の場の最も暗い片隅で、引き絞り続けていることを、なにものも否定することはできないのだ。過去や未来のいかなる圧政も、この事実を変えることはできない。たしかに我々は、詩においても、芸術においても、哲学とは言わぬまでも一般的な思考方法においても、もはやただ、即応的に流行に結びつけられ、注釈ですり減らされた作品――ランボー[*14]、ピカソ[*15]、レーニンの『経験批判論』など――ばかりが利用されているような、どうしようもない無知の時代を過ごしてきたわけだ。人間は、これまで人間を作り上げてきたすべての積み重ねの上に、必ずバランスを取り戻さなければならない。己れの種が風によってそこへ運ばれてきたことを恥じる草のように、人間は蝕まれた丘の中腹で生きることをやめるだろう。自分だけが決定できる目的のために個別に思い描く存在として、それゆえに他のものと決して重複してはならない存在として、人間は自らを形作る意欲をもう一度取り戻すだろう。虚栄心は別のところにある。

隠秘学者《オキュルティスト》が、火というものの驚異的な全能性を力説し、化学上の諸定式を無効としているのは十分に正しいことだ。化学上の諸定式は、あれやこれやの反応を説明できると主張しているが、必要不可欠な火の介入は正しく明示されていないのである。★[16] 精神的に言うならば、火のないところにはもはや何ものも無い（そして、身を温める消えかかった燠火を火と混同することはできない）。ランボーについて言えば、たとえ人々が、代わる代わるランボーの火を弱めようと試みても、ランボーは常に燃えているのだ。実際に、一八七〇～七一年のドイツ軍侵攻に際しての詩人の態度には、完璧な公民精神の教理の必要性、つまり重りに繋がれたあらゆる有用な諸目的のために、人々が好んで作り上げた慣習に見合うほどの模範的な態度は、この詩人にほとんど見当た

★ フルカネルリ。『賢者の住居』二一一ページ。

らない。[*17] こうした慣習のもとに人々は身を守り、重たい十字架を負った昔の司祭たちのように、最初からこうした慣習を身にまとうのである。しかし、同時代に、次の文章の書き手が犯した間違いについて、少しは考えてみたらどうだろう。「フランス軍は打ち負かされる必要がある。もしプロイセン軍が勝利すれば、国家権力の中央集権化がドイツの労働者階級の結集に役立つだろう。そればかりか、ドイツの優位は、ヨーロッパ労働運動の重心をフランスからドイツへ移すことになるだろう。理論と組織の双方の観点から見て、ドイツの労働者階級がフランスよりも優れていることを認めるには、一八六六年から現在に至る期間の、この両国における労働運動を比較するだけで十分だ。世界という舞台の上で、フランスのプロレタリアートより、ドイツのプロレタリアートが優位を占めていることは、同時にプルードンの理論より、我々の理論が優れていることを示しているだろう」。今日から見て、いったい誰がこんな冒瀆的な言葉を吐くことができただろう？ そればかりか、いったい誰が、自分の予測のとんでもない薄弱さやひどさを示すことによって、自分の誤りをこうまでも目立たせたのだろう？ この書き手は詩人ではないが、あらゆる点で、このような予測に対して責任を負うべき人物だった。それが誰か分からない人のために言っておくと、この人物は他ならぬマルクスだったのだ。★ 今日、彼の名において、国家レベ

★ 一八七〇年七月二十日、シャルル・トーマンの引用によるエンゲルス宛書簡。『ベルン近くのヌーシャテル及びジュラ山脈における無政府運動』（一九四七年）。

ルでの抵抗を引き合いに出すには――もはや火については口にもすまいが――氷のコートで身を覆わなければならないのだ。

様々な威嚇の試みや脅迫がどこからやって来ようと、気に留めることなく、我々はこれまで以上に、今もなお届く可能性のある孤立した偉大なメッセージに耳を傾け、我々に可能なあらゆる自由な交流《コミュニカシオン》を大いに歓迎して受け入れるだろう。それは、我々が生きている《極度に雑音の多い時代》に、新しい出口を我々に垣間見せたり、その出口が消え失せないにしても、少なくともずっと前からほとんど行き来のなかった道の果てに出口が確認できるような自由な交流《コミュニカシオン》のことだ。今のところ、これほど遅れを取り、これほど衰弱した言葉で、我々には鉄格子としか見えない《未来に開かれた窓》*18というまやかしで我々を引き込もうとする連中に対抗できるものとして、これ以上のものはないだろう。もちろん、我々は、このような方向性を持った精神的態度と、断固と一致した社会的態度との完全な両立を主張するものだ。この社会的態度は、何よりもまず、憎悪に向かう煽動にとらわれることなく、人類を脅かす差し迫った危機を全体として認知し、そ、、、の時点から、この危機を払いのけるためにあらゆる手段を尽くそうとする人々全体の再結集を目指すものだ。私はここで、人間戦線[*19]の運動への留保なき賛同を表明して、そのプラン上に自分を位置づけたいと思う——この運動はこの上なく高い威信をもって、ロベール・サラザックによって指導されているのだが——私には、この運動だけが、発足時から、このような組織に求められる明晰さと厳密さに貫かれた、すべての保証を示しているように思われる。私の知る限り、この運動だけが、人間の運命が永続するという、あからさまで揺るぎない信念に支えられたその企てから、極めて大胆な実行可能性の約束を引き出しているのだ。——人間は、現在とほぼ同様の深刻な状況においても、目を覚まし、惜しみなく己れの良心を取り戻すことは、決して不可能ではなかったはずだ。私は、万人に影響をもたらすことのできる、非の打ちどころのない精神と言葉を持った人間戦線の出版物を参照してもらいたいと思うし、同様の熱望を持つあらゆるグループが、この人間戦線という旗印のもとに早急に結集し、このような組織に対して己れの自律性を守らねばならぬと思っていた人々が、あらゆる情報を考慮して、これ以上待機することなく、この組織に集まってほしいという願いを表明しておこう。★

一九四八年二月二十六日、プラハで起こった新たなクーデター[*20]は、絶望的な結末を回避する機

★ いっさいの情報は、パリ（十八区）、ルピック街四六「人間戦線」にお問合せを。

会をさらに減じたように思われ、——またこの時、一切の罪の観念は別にして、バーナムの森がダンシネインの城に向って前進し続けている[*21]ことを劇的に認めなければならなかったわけだが——この日、私としては、友人である偉大なヘンリー・ミラー[*22]から来た手紙を読み返すこととなった。ここで個人的な話にそれることをお許しいただきたいが、数日前、彼に手紙を書いている時、さほど《お堅く》ない新聞に、彼について、それももちろん自由人としての彼について書かれていることを、たまたま話題にしたのである。その記事とはこうだ、「ミラーはアメリカ合衆国では禁じられているのか？　もちろんだ！　彼は国外で消費されることを運命づけられている。まるで原子爆弾のように」[★★]。とりとめなく話すうちに、私はヴァンスで会ったばかりのアンリ・マティスのことも話題にした。あの高齢にもかかわらず、あのような芸術家が——もし《フォルマリスト》[*23]が存在するとすれば、彼こそはそうなのだが——もっぱら光と歓びだけに目を向けて生きていることに驚嘆したものであった。私はここで、ミラーの返事を引用する必要があると感じるが、その返事は、ただそれだけで今日のドラマの二つの重大な局面を照らし出しているのだ。「例の記事の切り抜きのことですが、私は、そんなものは他の切り抜きと一緒に《函詰めにして》います。議論したところで、何の役にも立ちません。たとえあなたが心を許したとしても、

★★モーリス・ナドーによって引用された記事『政治と文化』（「コンバ」誌一九四八年二月二十二日—二十三日）——二週間前に同誌で、ペレと私は同じカナパなる人物によって《去勢された男》呼ばわりされていた。彼のごろつきめいた言い回しを一瞬でも借用するなら、こいつの名前は次のように運命づけられている。キカナ？　キカナパ？［Qui n'en a pas 何も持っていない奴（口語的語呂合わせ）］（「リベルテール」誌一九四八年一月二十九日号でアルマン・ロバンが引用した記事）。

こうした連中は少しも変わらないことを示すだけでしょう。昔も今も、何人かの盲者が、盲者どもを連れまわしているんですよ……あなたがマティスについて話すと、私は別の種類の人間を思い出します。私たちの間では、往々にして、年寄りが最も若く、最も快活で、最もバランスが取れています。彼らは働き続けています――いわば、口笛を吹きながら。マティスは、別の時代に属する人間なのです。その時代では、正確に言えば、仕事のなかに救いを見出していて、そればかりか、その仕事を通じて、他の人々に救いを与えていたのです――美のなかで、あるいは美とともに生きるという意味で働いている、そういう救いなんです。でも、仕事という言葉を使うべきではありませんよね？　英語ではこう言うのです、《好きでする労働》(a labor of love)。愛……私はこの件について、ランボーが決定的なことを言ったと思います[24]」。

この極めて暗い時代において、まったく新しい響きを持った、あのいくつかの《孤立した偉大なメッセージ》に対して情熱的に問いかけるよう、私は促してきたわけだが、先般の戦争以来、我々は決してそれを諦めたわけではないことを認めねばならない。やはり、このようなメッセージこそが、最も高い指標としての価値が与えられているのだ。しかも、この指標は二つの方向において価値がある。一方は、我々が現代において優位を占める不吉な災厄を極端なかたちで感じているいくつかの徴候が、生の永続と取り戻しを示す他の徴候に変換可能であることを表している。この過程は、おそらく明確な言葉で表現できるものではないだろう。その秘密は、たとえばフルカネルリが指摘している《ダンピエールの城館の驚異的な魔術的碑文》[★*25]を構成した一連の碑文のように、おそらく深く埋もれたかたちで、様々な文書のなかにもぐり込んでいるのだ。もう一方では、この指標は、その到達点と考え得る一連の歩みを、はるか昔に連綿と遡って光を当てるという特性を持っている。この場合、その歩みが人々に要請され得るかどうかは別にして、こうした特性ゆえに、その歩みは前面に押し出されて関連づけられ、より細かな考察へ導く感応力によって、互いに結びつくのである。一方で、それまで支配的であった他の歩みは、多かれ少なかれ、永久に忘れ去られることだろう。このようにして、たとえばシュルレアリスムは、すこぶる曲がりくねった上昇線の頂点に自らを位置づけるよう導かれている。この上昇線をたどろうとして、批評家は息を切らし、いささか苛立ちを覚えるのだが、若者の感性は、最初から一挙にこの線の端から端までインスピレーションに触れるのである。同様にまた、フランスの十七世紀の諸作品のように（レス[*26]、ベルジュラック、パスカルの作品は明らかに例外だが）、かつて《タブ

★ フルカネルリ、前掲書、一八四—一九三ページ。

ー》とされていた多くの作品に対して、若者が示す不評は、シュルレアリスムにその大きな原因があるのだ。このことが、あらゆる種類の保守層にどれほどの落胆を引き起こすとしても、昨日も今日も、これほど多くの残骸に囲まれた中で、自由な声を見出すために重荷を背負いこむことなど論外である。絶対に必要で緊急なことは、前へ進むことだ。

我々は現代を見る潜望鏡のレンズを絶えず拭いていなければならないのだが、私自身は、私が求めていた種類のメッセージを一つだけ見たことがある。それは完全に現実的であり、必要な持続性を備えているという、新たに立ち現われた説得力のあるものだった。そのメッセージは、『造型感覚Ⅱ』と題された一冊に見出されるのだ。作者のマルコム・ド・シャザル[*27]は、モーリシャス島出身で現在もそこに住んでいるのだが、パリで秘密出版に近いかたちでこの本を刊行し、私に寄贈されてきたものだ。しかし、このメッセージが届けるべき人々に届けられ、現況の最前線に伝えるには、これで十分だった（私は真に精神的な現況について話しているのであり、我々にくだらないものを与えている現況について話しているのではない）。エメ・パトリとジャン・ポーランが最初にこのメッセージを受け取り、申し分なく積極的に広めたのだ。[★]これにより、極

★　参考文献として「クリティック」二十号、三ページ参照（＊28）。

めて異なってはいるが広く開かれた二人の精神が、互いに綿密に補完し合って、公正で的確な反応を結び合わせるのを見て、我々は大いに得るところがあった。彼らは、この本の入り口で提起されるべき本質的な点を明らかにしたように私には思われる。★★ここで一度だけ、ひとつの偉大な作品を迎え入れる儀式が、節度と品位をもって、まさしくあるべき姿で行われたのである。そして、ある週刊紙の中で、引き立て役にしかならない公式人物の写真と並んで、――書店に配本される日の直前に――その作者の写真が掲載されたのを目にして、文字どおり慰められるのだ。★★★この作品の構造そのものが意図的に難解に表現されているのを通り越して、マルコム・ド・シャザルは、自分の思想を徹底的に洞察するよう要請している。これは彼の思想的命題についての長期にわたる瞑想を含んでおり、それゆえに読解に十分な時間が必要となるのだ。この点において、私は彼の意志が尊重されるべきだと考えている。その時期にはまだ到底至っていないので、ここではただ、いくつかの一時的な考察に留めておこうと思う。

まず最初に、モーリシャス島から私の前進を阻みかねない背の高い草叢を取り除こうと思う。マルコム・ド・シャザルの手紙類を読み通してみると、彼が現在、精神のある特別な段階を乗り

★★ 特に宗教面において浸透している隠秘学者の影響と根本的な異端主義。

★★★ 「フィガロ・リテレール」一九四八年二月二十一日号参照。

越えているように考えられる。この段階は、おそらく《額の星》[*29]の代価だろう。というのも、それはレーモン・ルーセルが、ピエール・ジャネ博士の臨床的観察記録の助けを借りながら、過去にさかのぼって自分自身の軌跡をたどることのできた段階と、驚くほどのアナロジーを示しているからだ。★おそらく思い出されると思うが、それは苦悩から恍惚へと掛け渡される一種の橋であって、この橋の上で、そこを通る人は、人間としての限界を意識しなくなり、山々の頂を飛翔してゆく鷲のようなあらゆる感覚を与えられるのである。現在の人間関係の状況では、（原始人たちは逆にこうした能力を尊重していたのだが）、このような存在と周囲の人々とを結びつける叡智の繋がりは急速に弱まっている。私は、まさしく彼の歩みの根底にある様々な鍛錬のせいで、マルコム・ド・シャザルが、束の間の予見的な陶酔に身を委ねているものと確信している。この陶酔は、『この人を見よ』を書いた頃のニーチェを襲ったものとは、最大限に隔たったものだ。

完璧な独創性と比類のない成果によって、この時代に注目を集めているこのような作品に直面したとき、どのようなベクトルが、未来を認識できる地点の一つへ導いていくのか、また過去において、そのベクトルがどのような結果として生じたのか、ということをはっきりと自らに問うこ

★『黒いユーモア選集』「レーモン・ルーセル」参照。

とが必要である。言い換えれば、未来に起こる前例のない不透明さを貫くのに十分な力がそこに存在しているのか、また、あらゆるものの中から、多少とも意識的に選び取られたどのような過去の前例が、このような作品を生み出すのに貢献したのか、ということを自ら問うことが必要なのである。

　これらの問いかけの前者に関して言えば、私はためらいなく、次のように答えよう。すなわち、このような作品の鍵は――マルコム・ド・シャザルは、この鍵をドアにさしたままにしておこうとしているのだが――言葉の非具象的な意味での快楽、それも、肉体と精神が溶け合う至上の場として考察された快楽のなかに存在している。ほぼすべての個々の生全体を条件付けるなかで、比類のない役割を果たす現象である快楽が、それを覆い隠す偽善のヴェールや、巧みにその下に姿を隠した挑発的で卑猥な装飾に邪魔されることなく、己れ自身について語る手段を見出すのに、二十世紀半ばまで待たなければならなかったということには、なんとも唖然とさせられるのだ。十八世紀フランスの、最も自由で、こうした束縛を最も断固として振り払った作家たち（ラクロ、サド）は、可能な限り快楽に重点を置きながらも、快楽に関しては分析など一切為されるものではないと考えていた。ここでは、安本に見られる哀れな点線（訳注：検閲による削除線）が、それよりはるかに価値のあるものによって補われはしないのである。恋愛における欲望の高まりは、強力なスポットライトを浴びて明るみになる一方で、性行為での絶頂の直後にその欲望が衰えることは、執拗な良心の呵責を引き起こし、到達できたはずの至高点に戻ることを思いとどまらせているようだ。その至高点からは、結局のところ、稲妻よりわずかに短い一瞬のなかで、特に注意を強いられることなく――そんなことをすれば、快楽そのものを裏切り、快楽が自分を裏切るのを容認することになるだろう――世界のまだ明らかにされていない様々な局面を独自の角度から捉えることができるのだ。おそらくこれを達成するには、シャザルのいくつかの肖像写真から見て、シャザルが持っていると思いたくなるような、比類なく冷静な頭脳が必要であった。ともかくも、（『超男性』における）ジャリも、（『裸にされた花嫁』における）デュシャンにも、そういうことはできなかったのである。周知のように、ジョルジュ・バタイユは、感情なき性愛と、宗教的法悦とに共通する双曲線的な種類の軌道を描くのに専念しているが、彼の場合はさらに不可能であった。

この点について、マルコム・ド・シャザルの中心となる伝言は、極めて重要である。特に『造型感覚Ⅱ』のこの上なく美しい六十ほどのアフォリズムがそれを裏づけ、例証しているゆえに、これまでそこに重点が置かれなかったことに、私は驚きを覚えるのだ。ここで彼の伝言をたっぷりと引用するのは不可欠のことだろう。[*30]

「誕生と死という、生存に関わる二つの重大な感覚現象が、ある程度その秘密を私たちに明らかにしなければ、感覚の領域における真の内省は、すべて無駄で不完全なものになるだろう……しかしながら、誰にでも手の届く経験分野、すなわち性的快楽のおかげで、生命に関わるこれら二つの本質的な現象を《解明する》手立てが存在する。誕生と死が一体となった性的快楽は、これまで過剰に好色化されたり、感傷的にされたりすることによって、あまりにも理知的に扱われてきた。ところが性的快楽は、様々な感覚、精神、心、魂が交差する普遍的な場であり、誕生と死とが途中で出会い、人間全体が自分のなかで《互いに交わる》状態としての場なのだ。まさにこの理由から、性的快楽は、人間存在の奥深い働きに関する最大の認識の源であり、最も広範な探求の場なのだ。

目隠しをして、諸感覚が燃え上がる炉床に侵入することによって、私はこの混淆した感覚を解きほぐそうと試みる……快楽と自然な象徴的言語との関係、さらにはまた、快楽がその言語を超えて、普遍的な歓びとどのように結びつき、あの一体性を形成するのかを見出すために。そして私たちは、この一体性の最も完璧な例を、あらゆる恋人たちが至福の絶頂に達した時に感じる、物事の世界に溶け込む感覚に見出すのである。それから……私は誕生体験の一切を潜在意識下に保持している魂にまでさかのぼろうと試みる。そして、死を《読み解く》ために、精神の冥府から答えを導き出そうと試みる。なぜなら、誕生と死は、同じ経験の表裏一体に他ならないからだ。」

ここに、愛と死との関係についての時代遅れのテーマ——これはバレスの本の美しい題名[*31]が決定的なかたちで記憶に刻み込んだものだ——を素朴に誇張させたものしか見ようとしない人々——とはいえ、このテーマの意味を彼らは分かっていないのだが——から様々な嘲弄を受けるであろうが、にもかかわらず、ここには、ひとつの新しい提唱がある。ひとつの革命的な真理の表明がある。この革命的という言葉の意味まで見失って、この言葉を歪曲して使おうとする人々のために、ここで明確に指摘しておくが、ここには、過去を破壊すると同時に超克するという、ひとつの真理の表明がある。要するにここには、生のなかの聖なるものを構成し得る一切のものへの悲壮な訴えが、最後の訴えがあるのだ。

マルコム・ド・シャザルの声を通して——それが不幸な時代に上げられる唯一の声である時、このような声は常に神託なのだが——人間の感性は、かつてフーリエの声がそうだったように、いわゆる知性に対して「危ない！」と警告するだけにはとどまらず、稲妻のように己れ自身へ立ち戻るよう促すのである。もし私に任せてもらうなら、学校の教科書にせよ、アンソロジーにせよ、『造型感覚Ⅱ』の「人生とは、誕生から死に至るまでの一度きりの誇大な洗脳だ」という、不遜な言葉で始まる一節を再掲せずにはいられないだろう。この一節は、次のように見事な結論に達するのだ。「しかし、精神の領域においてもまた、強者たちが強いる法則というものがある。私たちは、この法則によって精神が取り込まれた人々すべてに向かって、警鐘のごとく叫ぼうではないか、〝だが諸君よ、自分を守るんだ、そう、自分自身を守りたまえ！〟」★。ここで気づいていただきたいが、このような命令口調は、若者の耳を引きつけ、支持を得ることになるだろう。彼らは

★ 初版五二〇—五二二ページ。

自分たちのために代弁していると感じるのだ。――いや、すでに耳に入っていたのだ。ロートレアモン以来、人々はこれほど強く響き渡る声を聞いたことがなかったのである。

しかし、これらのページの暴力的で偶像破壊的な性質について、シャザルの態度が人類の思想史のいかなる前例も否定しているのだと、我々は思い違いをするべきではないだろう。この点に関して、我々は、たとえそれが極めて誠実なものであったとしても、アポリネールが発した明らかに疑わしい発言、たとえば、――『ユビュ王』以外は――ジャリの作品は何も知らないと言い張りながら、『子供たちの店』や『天使の失墜』[*32]を、さも、もっともらしく引き合いに出していたわけだが、それ以上に、シャザルの否定を真に受けるべきではない。繰り返すが、『造型感覚Ⅱ』のような作品の特質は、天才が意のままにできるすべての魅力を作品に与えることによって、新たな真理を押し出すだけではない。それは世界の様相に対する独自の反応形態の完璧な形象を浮き彫りにし、即座に前面に押し出すのだ。そのことの重要性は一般に過小評価されており、相次いで現れる目印をつなげていく努力がほとんどされてこなかった。

マルコム・ド・シャザルが、ここ数年のあいだに、絶えず深刻化し気難しい姿勢を示してきた、精神の懊悩や苦境を体現し、それを結晶化させていることは、このうえなく感動的で重要なこと

ÉDITIONS IRÈNE

Je vous souhaite d'être follement aimée.— André Breton

エディション・イレーヌ
図書目録

2024年
4月

メール等、直接のご注文を歓迎します。
〒616-8355 京都市右京区嵯峨新宮町 54-4
TEL:（075）864-3488
e-mail: irene@k3.dion.ne.jp

新刊　左記2冊「シュルレアリスム宣言百年」記念出版

時計のなかのランプ

アンドレ・ブルトン　トワイヤン 扉絵　松本完治 訳

広島に核が投下されて3年後の1948年に発表された戦後のシュルレアリスムを代表するエッセイ。核の脅威に危機感を募らせた、現代に通じる憤激と祈りのエクリチュール！「世界市民」運動でのブルトンのスピーチを本邦初訳で追加収録。

●A5変形・仮フランス装、カラー扉絵、表紙箔押し　2500円＋税

神秘の女《ひと》へ

ロベール・デスノス　アンドレ・マッソン 挿画　松本完治 訳

シュルレアリスムの神髄に触れた詩人の真骨頂をなす表題詩集に加え、貴重な散文及び没後出版の詩集「何気ないふうに」を収録、盟友マッソンの圧巻のカラー・エッチングとアルトーのオマージュを付した珠玉のアンソロジーを布張美装本で贈る！

●A5変形・布張上製本、カラー挿画4点、表紙箔押し題簽貼り　3300円＋税

既刊

汚れた歳月

A・P・ド・マンディアルグ　レオノール・フィニ 挿画　松本完治 訳

第二次大戦下のモナコに隠遁した著者が、限定280部私家版として刊行した記念碑的作品。悪夢とエロスが混淆した《奇態なイメージ》が炸裂する極彩色の「幻象綺譚集」26篇に、私家版収録のフィニの挿画を添えて、待望の本邦初訳で贈る！

●A5変形上製本、挿画3点入、208頁　2800円＋税

異国の女《ひと》に捧ぐ散文

ジュリアン・グラック　山下陽子 挿画　松本完治 訳

1952年、私家版・非売品・限定63部で発表された幻の散文詩集。愛に高揚する壮麗な佳品12篇に、美麗極まる山下陽子の挿画8点を添えた詩画集。意匠を凝らしたドイツ装箔押し美装本で贈る！

●A5変形上製ドイツ装、糸綴じ美装本、表紙箔押し題簽貼り、挿画8点入　3200円＋税

ジャック・リゴー遺稿集——『自殺総代理店』他

ジャック・リゴー　松本完治・亀井薫 訳

銃弾を胸に撃ち込んで《予定された》終止符を打ったダダイストにして、美貌のダンディ、ジャック・リゴー。ルイ・マルの映画『鬼火』のモデルとなったリゴーの実像に迫る本邦初の決定版。

●四六判、写真29点入、224頁　2500円＋税

エロティシズム

ロベール・デスノス　アニー・ル・ブラン序文　松本完治 訳

バタイユに先駆けること34年、天才デスノスが放つ究極のエロティシズム概論。サド研究の第一人者、アニー・ル・ブランの序文を新たに付し、澁澤龍彦訳以来、60余年ぶりの新訳で贈る。

●四六判上製本、152頁　2500円＋税

シュルレアリストのパリ・ガイド

松本完治 著・編・訳

シュルレアリストや《ナジャ》が歩いた道筋や場所をたどり、パリの街路に、シュルレアリスムの実像を浮き彫りにする本邦初の画期的なパリ案内。シュルレアリストゆかりのカフェ、劇場等、詳細なパリ地図付き。

●A5判美装本、写真図版70点入、184頁、　2500円＋税

マルティニーク島 蛇使いの女

アンドレ・ブルトン　アンドレ・マッソン挿画　松本完治 訳

マッソンのデッサン9点と、詩と散文と対話が奏でる、目くるめく《魅惑》と《憤激》のエクリチュール。熱帯の島マルティニークの神秘と、それを侵すものへの憤激が、ブルトンやマッソンの詩文と絵に溶け合ったシュルレアリスム不朽の傑作。

待望の日本語完訳版がついに刊行！

●A5変形美装本、挿画9点、うち7点別丁綴込・特色刷り　2250円＋税

塔のなかの井戸〜夢のかけら

ラドヴァン・イヴシック&トワイヤン詩画集　松本完治 訳・編著

最晩年のアンドレ・ブルトンに讃えられたトワイヤンの眩惑的な銅版画集にイヴシックの散文詩を添えた魔術的な愛とエロスの詩画集。詳細な資料本を添え、2冊組本として刊行。

●2冊組本・B5変形函入カバー付美装本、
フルカラー銅版画12点、デッサン12点、図版60点入　4500円＋税

至高の愛——アンドレ・ブルトン美文集

アンドレ・ブルトン　松本完治 訳

晩年の名篇『ポン=ヌフ』をはじめ、マンディアルグが推賞してやまぬブルトンの美文3篇を厳選収録、併せて彼の言葉の《結晶体》を編んで、その思想的真価を現代に問う。

●四六版上製本、写真・図版多数収録　2500円＋税

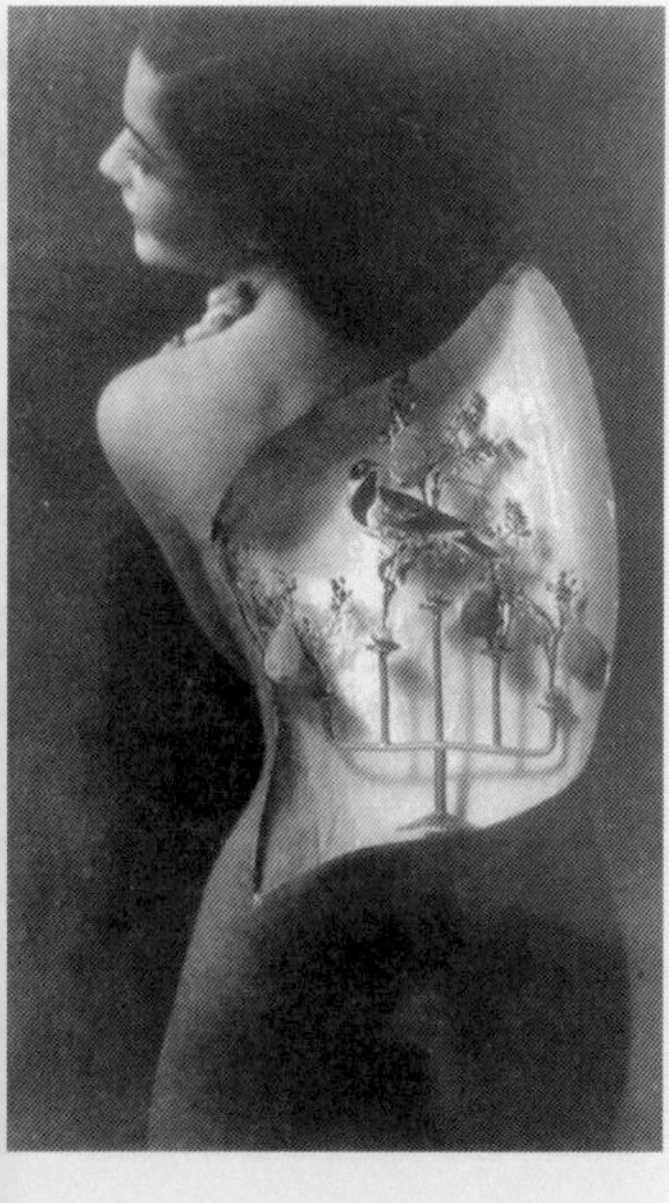

「肋木」インドリッヒ・ハイズレル（弊社刊『等角投像』より）

アンドレ・ブルトン没後50年記念出版

Ⅰ 太陽王アンドレ・ブルトン

アンリ・カルティエ=ブレッソン、アンドレ・ブルトン　松本完治 訳

石を拾い、太古の世界と交感するブルトンの姿を活写した表題写真集と、石をめぐる心象を綴った名篇『石のことば』を添え、ブルトンの魔術的宇宙観の精髄をみる。

●B5変形美装本、写真13点収録　2250円＋税

Ⅱ あの日々のすべてを想い起こせ

――アンドレ・ブルトン最後の夏　ラドヴァン・イヴシック　松本完治 訳

晩年のブルトンと行動を共にした著者が、その死に立ち会うまでの12年間の記憶を綴った渾心の回想録。1966年晩夏、ブルトンの死に至る衝撃の真実。

[2015年4月ガリマール社刊、初訳]　●A5変形美装本　2500円＋税

Ⅲ 換気口 Appel d'Air

アニー・ル・ブラン　前之園望 訳

詩想なき現代社会の閉塞状況に叛逆の《換気口》を穿ち、ポエジーの復権を訴えたシュルレアリスム詩論の名著。アンドレ・ブルトンに将来を嘱望された著者の本邦初紹介。

●A5変形美装本　2500円＋税

Ⅳ 等角投像

アンドレ・ブルトン　松本完治 編　鈴木和彦・松本完治 訳

最晩年の未訳のエッセイ、インタビュー、愛読書リストを添え、ブルトンが晩年に発掘した22名の画家作品をカラー図版で紹介、さらに詳細な年譜を収録した画期的編集本。

[500部限定保存版]　●A4変形美装本、図版約160点収録　4260円＋税

Ⅴ シュルレアリスムと抒情による蜂起

アニー・ル・ブランほか　塚原史・星埜守之・前之園望 訳　松本完治 編・文

2016年9月に東京で開催された、アンドレ・ブルトン没後50年記念イベントの全記録。ル・ブランの来日講演録、ブルトンの長詩『三部会』他、展覧会図録を収録。

●四六判上製本、フルカラー24頁図版入、232頁　2880円＋税

マルドロールの歌――今は冬の夜にいる

詩 ロートレアモン伯爵　画 ナディーヌ・リボー　訳 松本完治

現代フランスの鬼才、ナディーヌ・リボーが描く驚異のイマージュ33点と抄訳を対に付し、雨と降る流星のように美しい叛逆のポエジーが画像に結実した入魂の詩画集。

●B5判カバー装、ドローイング33点入、フルカラー92頁　2800円＋税

虜われ人の閨房のなかで

ナディーヌ・リボー　山下陽子 挿画　松本完治 訳

山下陽子の挿画で贈る現代フランスの作家ナディーヌ・リボーの比類なき愛とエロスの詩篇。対訳版による日本・フランス同時刊行として、瀟洒な糸綴じ美装本で贈る！

●B5変形判アートボール表紙、挿画4点及び表紙エンブレム入、糸綴じ美装本　1750円＋税

エドガー・ソールタス〈紫と美女〉短篇叢書

全巻表紙画 宇野亞喜良

不当にも米文学史から忘却された世紀末の頽唐派作家エドガー・ソールタスの短篇集『紫と美女』から、珠玉の掌編を一篇ごとに美装本の小宇宙に閉じ込めて、本邦初訳で贈る！

*アルマ・アドラタ　松本完治 訳

*太陽王女　生田文夫 訳

*サロンの錬金術　松本完治 訳

●限定800部、B6変形美装本、各巻平均38頁、造本：間奈美子　各巻1800円＋税

文芸誌 屋上庭園――甦る言語芸術の精華

耽美・頽唐文学の饗宴！豊饒たる過去の世から美の結晶を選りすぐり、今は失われた麗しき言語芸術の精華を、「るさんちまん3号」を継承して、あえて世に問う《反時代的》アンソロジー。

●B5判上製紙使用　2400円＋税

奢灞都館刊行——全書籍目録

編集 松本完治　所蔵 鎌田大

1972年創業以来、約30年にわたり、造本デザイン別にして120点余りの美装本を世に出した、世界に例を見ないプライベート・プレス「サバト館」。フルカラー書影70点余りで紹介した、我が国初の完全書誌目録。

● B5判冊子、フルカラー52頁、写真・図版76点入　2200円税込

文芸誌 るさんちまん 3号 特集：デカダンス

昭和最後の年を飾る不朽の文芸誌。貧血した現代的状況への《るさんちまん》をもって、今は亡き美の狩猟者、生田耕作監修のもと、失われた馥郁たる文芸の美とデカダンの百花園を甦らせる。

● B5判上製紙使用　3500円+税

品切本

薔薇の回廊　A・P・ド・マンディアルグ　山下陽子 挿画　松本完治 訳

愛の唄　ジャン・ジュネ　日乃ケンジュ 挿画　松本完治 訳

母、中国、そして世界の果て　ヘンリー・ミラー　生田文夫 訳

巴里ふたたび　アナイス・ニン　松本完治 訳

自殺総代理店　ジャック・リゴー　亀井薫・松本完治 訳

ナディーヌ・リボー　コラージュ作品集　松本完治 編・訳

るさんちまん 創刊号　編集 松本完治、協力 生田耕作

るさんちまん 2号　編集 松本完治、協力 生田耕作

サテン オパール 白い錬金術

ジョイス・マンスール詩集　松本完治 訳　山下陽子 挿画

狂おしいまでの愛と死とエロス。美貌の女性詩人が放つ官能と死に引き裂かれた詩篇から172篇を精選、山下陽子の挿画を添えた本邦初の決定版詩集。

● A5変形函入美装本、表紙箔押し、384頁、挿画4点入　3250円+税

近刊予定のご案内〈以下の本は未刊ですのでご注意ください〉

虎紳士

〈「シュルレアリスム宣言」及び生田耕作生誕100年・没後30年記念出版〉

ジャン・フェリー　アンドレ・ブルトン序文　生田耕作・松本完治 訳

ブルトンが「黒いユーモア選集」で絶讃した鬼才ジャン・フェリー。生田耕作訳の表題作をはじめ、恐怖と暗いユーモアが漂うパタフィジックな奇想コント21篇に加え、生田耕作年譜及び書誌の完全版を収録し、稀代の文学者の偉業を偲ぶ。

マダム・D

ジャン・ロラン　日乃ケンジュ 挿画　松本完治 訳

仏蘭西19世紀末のデカダン作家ジャン・ロランの代表作「仮面物語集」から妖艶にして鬼気迫る表題作を訳出。ジュネ作「愛の唄」の挿画で著名な画家・日乃ケンジュの圧倒的な迫力にみなぎる妖しくも細密なペン画4点を添え、大型美装本で贈る！

針の筵の上で

インドリヒ・ハイズレル　J・シュティルスキー 写真　松本完治 訳

ナチ占領下の1941年プラハの地下出版。日常に忍び寄る驚異の予兆を活写した稀代の芸術家シュティルスキーの写真に、将来をブルトンに嘱望されたハイズレルが詩を添え、トワイヤンに捧げたチェコ・シュルレアリスムの精華を本邦初訳で贈る！

女騎士エルザ

ピエール・マッコルラン　松本完治 訳

古き良き時代のパリの作家マッコルランの作品中、最もポエジックでファンタスティック、風刺のきいた長篇小説として、生田耕作や澁澤龍彦らに愛された表題作を90年ぶりに新訳で刊行。黒海の軍港セヴァストポリの貧しい小娘エルザの運命や如何に！

ベイラムール

A・P・ド・マンディアルグ　松本完治 訳

文豪スタンダールの本名アンリ・ベイルとアムールを掛け合わせた造語「ベイラムール」。J・J・ポヴェール版で発表された表題恋愛論に加え、パリ五月革命下の愛を描く短篇小説「マロニエ」を収録、情熱恋愛を謳う珠玉の一冊。

だ。長い間、抑圧されてきた作品の数々が、彼が知ってか知らずか、彼の声を通じて、再び立ち現われ、声を出し始めたのだ。この合唱団のなかで、他よりも卓越していたのはスウェーデンボルグの声[33]であり、その声をバルザックやボードレールは聞き取ることができたが、当然ながら、ヴァレリー——彼の死の床で開かれていたのは、一冊のヴォルテールだった——には、もはや聞き取ることができなかったことが、正確に観察されたのである。（私がこんなことを言うのは、出版社の要請に応じて、豹変するかのように軽々しい序文[34]でスウェーデンボルグを紹介するのは、たちの悪い行為であるからであって、その対象がサドや十字架の聖ヨハネであったとしても、私は同じことを言うだろう）。しかし、心の階層の上では、この声は連続した答唱（訳注：ミサで司祭の聖書朗唱に答えて会衆が応唱・唱和する意味に使用）を必然的に引き起こし、その声が答唱と溶け合っていくのである。危機に瀕しているのは、生きることの恩寵と、その恩寵が何でできているのかを発見するために費やされてきた途轍もない努力なのだ。この件に関しては、恥ずべき沈黙が広がっているが、今日ではその回復が求められており、さらにまた、この回復への欲求の気運が広がっている。いや、それどころか、あなた方が提示する《偉人たち》は、稀な例外を除けば、我々の偉人ではない。彼らの影は、我々が認識する地上の、ごくわずかしか覆っていないのだ。

人類に対する重大な問いかけの途上で、あなた方はいったいどんなことをしてきたのか、すぐにでも我々に教えていただきたいものだ。いったいなぜ、あなた方の王たちのつまらない物語や、さらにまた、あなた方のソルボンヌでの不幸な艱難という、興ざめな物語を描いたエピナル版画（訳注：歴史や伝説を題材としてエピナルで作られた通俗的色刷り版画）を我々に提示するのか？　初歩的な物語などもうたくさんだ。いったい、あなた方[*35]は我々に何を隠しているのだ？　グノーシス主義はひどく誤解されているが、今日でさえ、それは非常に包括的な言葉だ。そんな昔に戻るまでもない。あなた方は、アンドレ・シェニエ[*36]の運命で我々を感動させることに決めたが、我々は何も感じない。その同じ時代に、我々の関心をひくのは、マルティネス・ド・パスクアリー[*37]がどこから来て、どこへ行ったのかを知ることだ。さらに近い時代では、あなた方がルナン[*38]について事こまかに述べるのを見たことがある。ところで、なぜあなた方は、サン゠ティヴ・ダルヴェードル[*39]について押し黙っているのか？

　たわごとはもうたくさんだ。今こそ、人間が、己れの運命について、より高い意識を必死になって取り戻すときだ。偉大な詩人たちは、往々にして（用語を拡大させた意味で）世に埋もれた優れた先人たち——[*40]本稿では数人の名前を挙げるに留めているが——と疑いなく交感しつつ、過去百年にわたって、絶えずこのことを表明してきたのだ。

フローベールは、『紋切型辞典』を最後まで完成できなかったが、その作品を今日に伝えているレーモン・クノー[*41]のような人物によって、さらに書き進められていたら、もっと良くなっていただろう。これを一般に広く流通させる前であれば、同じく再版されている『日々の生活慣習』[*42]（訳注：マルセル・シュオッブの論文）の貴重な断片を付録として追加するのが良かったかもしれない。これは、靴の踵で革装した、想像を絶する非常に美しい装幀本にふさわしい作品だ。

アンティーブ、一九四八年二月

ラコストの城にて。撮影／エリザ

「人間戦線」の最初の公開討論会で行われたスピーチ*43

Allocution Prononcée
le 30 Avril 1948 à la première Réunion Publique
de FRONT HUMAIN

一九四八年四月三十日

皆さん、

この集会の主催者の方々が、ここで冒頭の宣言を表明するよう私に呼びかけてくださったことを光栄に思っていまして、これまでのご努力に少しでも報いることができればと願っております。たしかに、私たちがこの場で結成している集会の外面的な構造は、他の会場で観衆を収容するために慣例として行われている集会と何ら変わりはありませんが、散会前に、もし私たちの内面的な構造が本質的に抜きん出るものでなければ、今夜の私たちの目的は達成されることはないでしょう。演壇又はお立ち台から発表されるあらゆるプレゼンテーションは、教育的又は政治的な扇動がそうであるように、ある一定の範囲内で実際に発展していくものであり、型にはまったプレゼンテーションが主な負担になるような集会を何度も繰り返すことはできません。ここでは、驚くべきことに、私たちはもはや古い決定事項の枠内にいるのではなく、新しい決定要因の中心にいるのです。なぜなら、いったん沖に出航すれば、私たちは慣習やしきたり、凝り固まった思考や行動様式から断固として手を切るからです。ここでは、話す人と聴く人の間に確立されなければならないコミュニケーションは、私たちが一般的に満足しているものとは異なる性質のものでなければなりません。皆さんに期待されているのは、観念的な合意以上のものであり、目的への連帯を表明するための契約上のつながりなのであって、現時点で、最も明快で寛容なものです。この場合、理解や共感に訴えるだけでは十分ではありません。人間の反射神経を刺激させることが重要であって、それがなければ、どんな能力があってもアクシデントを避けることはできません。今日、こうした反射神経がどれほど鈍いものであるか、お分かりかと思います。あらゆることが、皆を次のような状態にさせているのです。戦争と占領による長きにわたった耐えがたい忍従、その後に増大する失望、刻々と危機的状況があからさまに高まっている世界情勢下で、生み出されるべきはずの新たな提案が著しく不足していること、経済矛盾が悪化していること、そして何よりも、諸党派と同様、世界の均衡をうわべから見張っていただけの信用を失った諸機関が、その信奉する主義主張の大部分をないがしろにしてまで、闘うことなく己れの組織を再編成できた[*44]という明らかな事実が確認されたことです。こうした連中は、自ら主張していた世界の終末の危険性などまったく顧慮せず、人間同士を敵対させ得るあらゆる機会を虎視眈々と狙っている始末なのです。

今こそ空気を入れ換え、基本原則に立ち戻って精神に広がりを持たせるべき時です。かつて、レジスタンスから生まれ得た測りしれない希望がたしかにありました。その希望は、そこに参加した人々、ゼロから自分たちを組織する能力、十分に試練を受けた個人の勇気から生まれたものであり、長きにわたって、その活力が浄化されるのを期待されていたものでした。ああ、ところが、それを抑圧するためにあらゆることが為されたこと、今でも強力なバックボーンを持ち続けている数々の古い党派組織が、この異質な集団を解散させ、それを分裂させて餌食にするのに、さほど大きな困難を伴わなかったことを、私はよく知っています。しかし私は、この人たちを活気づけた精神が散り散りになっても生き残っていると常々思っていますし、それがどのような暗黒期を経ようとも、私は彼らの復活に絶望を覚えたことなど一度もありませんでした。そこでは、国民全体のモラルの健全さを再生できないはずがありません。もし今日、私たちがこの面での再度の深刻な堕落を目の当たりにしているとしても――つまり、モラルの危機が再び頂点に達したとしてもと言いたいわけですが――私たちは、レジスタンスの試練が前面に押し出した次の二つの美徳が、心の奥底で休眠状態にあるとしても、存在しないはずがないことも承知しています。すなわち、極限にまで高められた自発性《イニシアティブ》と自己犠牲の精神です。たとえ私がその極めて偉大な慎み深さを損なうことがあるとしても、これらの美徳は私にとって、ロベール・サラザックという人物に体現されていると即座に言うでしょう。レジスタンス思想の延長、つまり今に続く時代におけるレジスタンス思想の開花は、彼と共にあり、《人間戦線》の同志や協力者と共にあり、それらは私が見出した唯一のものです。現在起こっている、または起こりつつある情勢について、これほど確実な認識を持っている人々を、私は彼らの他に知りませんし、彼らほど誇り高い現在の活動を私は他に知りません。

この活動を遂行する要点は、皆さんの中ではよく知られているものです。たしかに、これほど野心的なものはありません。しかし、いずれにせよ、当然のことながら、私たちが無関係でいられることは何ひとつありません、なぜなら、危機に瀕しているのは私たち共通の運命だからです。たしかに、私たちの前に立ちはだかる最悪の障害は、無関心であるということです。想像力の欠如——記憶の欠如と同様——によって、ああ、悲しいことに、大多数の人々を麻痺状態から救い出せるのが、ただ一つ、危険をもたらす具体的な事象だけなのです。危険が迫る大惨事の規模の大きさを前にして、盲目でもなく、目隠しをしているわけでもない私たちは、これまで以上に広範な人間の輪を動かし、揺るがすほどの粘り強さと激しさを持たなければなりません。

私よりも信頼するに足る数々の他の意見があります、すなわち、原子力研究を主宰する数々の科学者の声です——それは《人間戦線》の出版物が最初にそれに反応したわけですが——これらの声は、可能な限り大きく警鐘を鳴らしたものです。アルベルト・アインシュタインはこう言っています、「最も残虐な戦争が、私たちの目の前に迫っています。その災禍は、都市、人々、国家が永遠に粉砕されるほどのものとなるでしょう。人類が生き残り、進歩するには、新たな考え方が不可欠であることを人々に啓蒙するキャンペーンに、今すぐに二十万ドルが必要です」。何よりもアインシュタインは、個人と大衆による最高度の反動的行動を呼びかけています。まず最初に、これらの個人、これらの大衆が、目先の利益のみならず遠くにある理想という観点から、史上最も悲惨な戦争によって生み出される全体主義的統制を前にして、今日彼らを互いに対立させているあらゆることが、絶対的に無価値であることを理解する必要があります。これらの個人、大衆に対して、プロパガンダを一貫して粘り強く実行することで、そのことを彼らに納得させるのは今日私たちにかかっています。もとより、この作業が困難であることは紛れもありません。それは、地球上で今にも溶け出そうとしている測り知れない悪を、活動的で鋭く、先見の明に基づいて明示することによってのみ可能です。それにより、有産階級のエゴイズムを減じさせること、そして満たされぬ大衆が、次のことに疑問を抱く、すなわち、戦闘兵器の新たな技術が空想の域を超えて現実化する手段によって、権力掌握の可能性が生じることに、疑問を抱くよう導くことを同時に期待できるのです。

しかしながら、戦火を前にして、連綿と続く既成体制に従属した、この半ば利己的で、半ば利他的な意識の暴発に対して、どの陣営からも期待できないほど、良識というのは世界で最も共有されないものになってしまったのでしょうか？　何が人間を待ち受けているかについてはもう少し詳しく知っていますが――それを知らせるのは私たちにかかっているわけですが――それにしても、近く運用が開始される準絶滅兵器の運命に介入する解決策に頼るほど、恐ろしく狂っていて、犯罪的になれる人間がいるのでしょうか？

当然のことながら、私たちが現在の悪を追い払う必要があるというのは、その表れが最も狂暴な段階になってから始めるというわけではありません。もし私たちがこうした前兆にいることを理解しなかったら、そして私たちがこれらの前兆と段階的に闘わなければ、私たちは何も成し遂げられないでしょう。今後は、これらの前兆に引き続いて、おぞましい行列ばかりが続いていきます。原子爆弾の戦列は、その進路上に最終的な夜と砂漠を作るために招来されます。私たちはーーそのプログラムに基づいてーー今日、窓の下をゆっくりと通り過ぎる人々の後ろに、そうした行列が続いて来ることを知っています。すなわち、その尊大な行為において何ら容赦することのない、ユビュ王のような国家主義の戦列、ゲシュタポやその仲間の戦列、さらには官僚どもや人間の屑ども、有刺鉄線にきらめく強制収容所、エンジニアとアーティストらの協力による最新型の拷問部屋、おそらく最も人目を引き、人間性を汲み尽くす（人間の意識をぼろぼろの状態にする）最高のアルカリ性溶液を旗印にしたペントタールナトリウム、そして最後には、贋《にせ》の証言、中傷による弾劾、毒針による抹殺、こうした状況下での全体主義的報道機関の戦列です。問題は、私たちがこれ以上長く、これを容認するかどうか、橋にはびこり始めている鼠どもをきっぱり止めるのに十分な健全さと清潔さが地球上に残っているかどうかにかかっています。

私たち全員を狼狽させ致命的な結末をもたらすこの悪の根本原因について、私たちに提供されるあらゆる分析よりもはるかに詳細な分析なしには、この問題を終わらせることはできません。この悪は、その根源を根絶やしにする必要があります。私の感覚では、最終的な分析として、この悪は、**統治者と被統治者との対立**[*45]から生じるのです。国民全体が政府の過ちや権力濫用の責任を問われる可能性があるというのは不当であり、私に言わせれば、とんでもないまやかしです。全体主義政権の国々に関しては、これはもはや言うまでもありません。すなわち、警察の強力な弾圧により、あらゆる組織的反対派は即座に粛清されたのです。こうした理由から、私はドイツ国民の一般性をナチスの犯罪と結びつけることを常に拒否してきました。しかし民主主義国家に関しても、私は完全に安心するにはほど遠い状況だと思っています。普通選挙（suffrage universel）から出た（このような参政権が国家の枠組みを超えないことを考えると、《universel《普遍的》》というのは奇妙なほど乱暴な言葉ですが）、民主主義国家の統治者、いわゆるそのような者たちでさえ、全体主義国家の支配者らとの関係において、すぐに脅迫が主要な役割を果たし始めますが、少なくとも言えることは、そこに民主主義的価値観が見出されないというスパイラルに巻き込まれるのです。ほぼゲームのルールとして課せられたこの恐喝を許すわけにはいきませんが、そこに孕むリスクを最小限にするには、一定の互恵性を要求しないことです。もちろん、他国民ではなくむしろ自国民に正直に伝えて責任を割り当てることができなければ、国際関係は可能な限り腐敗していくでしょう。しかもこれらの国民は、自分たちの名のもとで、何が企てられているかについて、多かれ少なかれ十分な情報を知らされておらず、多少なりとも、それぞれの国家の枠組みの中で、現在の権力者に奉仕するよう金銭的に関心を引くプロパガンダに惑わされているわけです。たしかにこうしたプロパガンダは、現代生活が生み出した最も忌まわしい怪物の一つなのです。統治者たちが、古い通俗映画のようにじろじろ睨みあい、互いに腕力を試そうとし、不安がないわけではないでしょうが、すべてを焼き尽くす火遊びを弄んでいる間、被統治者たちは、まったく好戦的ではない自らの仕事に勤しんでいるわけです。つまり彼らは働き、愛し合い、可愛い子供たちを見守っているわけです。そしてこうした状況は、地球上のあらゆる地域で等しく顕在化しています。こんな馬鹿げた不条理なことがどうして明らかではないというのでしょうか？　統治者たちと被統治者たちとの対立は最高潮に達しています。この対立が『真実のフランス』（フランス人の使命）と題された作品で告発されてから六十年以上が経過しています。著者はサン＝ティヴ・ダルヴェードル[*46]という作家で、彼に対しては数々の陰謀が仕組まれてきました。[*47]彼が執筆していた時代は、国家の枠組みを侵害しないよう強いられた状況でしたが、だからといって、私たちにとって、彼の著作から得られるものがないわけではないでしょう！　彼こそは——すでに社会契約という明晰な輪郭を次のように引き合いに出しています、「主権（人民の）は、個々の自主性を分離できないゆえに、代表され得ない。それは本質的に一般的な意志で構成されており、この意志を代表することはできない[*48]」——そして次のように付け加えています、すなわち、統治者の政治的な規範は、アリストテレスから受け継いだ規範であり、審議、司法、行政の権限の範囲を超えることはできないが、致命的な不一致を招く罰を受ける覚悟で、被統治者の社会的な規範をあらかじめ想定し、彼らの教育的、法的、経済的な権限を彼らにだけ付与しなければならない——そして、このような被統治者の規範だけが、統治者の規範を事前に決定できる唯一のものであると。この着想を国際レベルに拡張し、いくつかの修正を加えるだけで、世界憲法制定議会の基礎を築くのに十分でしょう。そしてこの世界憲法制定議会とは、《人間戦線》

の私たち友人たちによって、「世界合衆国」の最初の布石を築くために構想されたものなのです。

国家的な領域に自らを位置づけて公言することは、ずっと前から不得手ではありますが、私はロベール・サラザックとともに、世界の大衆は《フランスからの行動を期待》できると考えています。事実、地政学的に言えば、世界のバランスがいかに不安定であるにせよ、今日では、フランスが災いの種であると認識されており、歴史的に見ても、この国から世界を驚かせた大胆で解放的な大運動のいくつかが始まっていることが分かります。私は、カタリ派の反乱[*49]、八月四日夜の革命三部会の反乱[*50]、サン＝シモン主義の反乱[*51]、レジスタンスの反乱を思い起こします。この炎、私たちの最も優れた者が参加する炎、言うまでもなく、パニックの瞬間に、私たちがこの炎を激しく燃え立たせる息吹きを途絶えさせることはないでしょう。

訳注

＊1　強制収容所的な《concentrationnaire》。一九四六年に刊行されたフランスの作家で政治活動家デヴィッド・ルーセの著書『強制収容所の世界』のタイトルから引いている。ルーセはフランス語で「強制収容所」という言葉を初めて使用した人物で、当時のソ連に多数の強制収容所が存在していることを同著書で暴露して、フランス共産党から非難された。

＊2　打ち抜き器《emporte-pièce》穿孔器の意もあり、ここでは最終兵器、核爆弾。

＊3　このくだりは、ポール・ヴァレリーの論文『精神の危機』（一九一九年発表）の冒頭のフレーズ「我々文明なるものは、今や、すべて滅びる運命にあることを知っている。」を指している。

＊4　隠蔽《occultation》という用語は、ラテン語から由来しており、英語で言えばオカルトとなり、秘教化の意味もある。ここでは、『シュルレアリスム第二宣言』で書かれた有名な寸言「私が望んでいるのはシュルレアリスムの真正・深奥な隠蔽（＝秘教化）である」を反映している。

＊5　冷戦下にある東西両陣営。

＊6　マルクス、エンゲルスが指導した共産主義者同盟に系譜を持つ共産党。ここでは主に一党独裁の国家主義的ソビエト共産党とつながったフランス共産党を指している。

＊7　ここで言う「つまらないロマン主義者」とは、ジャン＝ポール・サルトル。一九四三年発表の彼の戯曲『蝿』に「君たちは金属性の蝿に満ち溢れたこの部屋を通り過ぎる」というくだりがあり、それを暗示している。

＊8　マニ教は、三世紀にイランのマニが創始した宗教。ゾロアスター教に、仏教やキリスト教の教義を加えて成立したが、古代の神秘思想グノーシス主義の影響が強い。

＊9　ボードレールの未刊の『小散文詩』草案にある一節。

＊10 『閨房の哲学』第五の対話に挿入されている「フランス人よ、共和主義者になりたければ、もうひとがんばりだ」という政治パンフレットの形式で、サドは主に二つの理由で死刑を否定している。一つは死刑に犯罪抑止力がないこと、もう一つは、法律はそもそも自然のものではないゆえに、法律が人を殺すことは許されないというもの。

＊11 呪詛《malédiction》という言葉は、ヴェルレーヌの著書『呪われた詩人たち』から由来している。

＊12 反フォルマリスムとは、一九三〇〜五〇年代にソビエトで生じた、「社会主義レアリスム」を擁護するため、内容よりも形式の実験を重視した前衛的な傾向を持つ芸術作品や作家を批判するキャンペーン。これにより、ロシア・アヴァンギャルドの多くが作風の転向を余儀なくされた。ここでは、フランス共産党中央委員の幹部で文化面を差配していたアラゴンがそれを容認していることを主に非難している。

＊13 「革命的シュルレアリストたち」とは、レジスタンス運動を経てフランス共産党に加入したノエル・アルノーやクリスチャン・ドートルモンらが、一九四六年、ブリュッセルで革命的シュルレアリスムの国際会議を組織し、スターリン主義共産党を唯一の革命団体と認めることで自らを前衛と見なした小グループ。ブルトンはこれを批判したのに対し、彼らはブルトンの神秘主義傾向を非難し、一九四八年三月〜四月に「革命的シュルリアリスム」誌を創刊、ツァラも寄稿するが、グループはほどなく自己崩壊した。

＊14 一九四六年に詳細な注釈付きでプレイヤード版ランボー全集が刊行され、それを機に、アラゴンやロジェ・カイヨワらがシュルレアリストのランボー熱に疑義を表したことへの皮肉が込められている。

＊15 一九四四年に共産党に入党したピカソが、共産党の文化政策で写実主義の画家として分類されていることへの皮肉が込められている。

＊16 フルカネルリは十九世紀後半から二十世紀前半に実在したとされる錬金術師にして科学者。ブルトンは本書で二度も言及している。フルカネルリによれば、火は、あらゆる錬金術の作業に必要な基本的要素であり、火

なしではいかなる組み合わせも実施できないとし、火は精神的な原理であり、エネルギーの基礎であり、その影響下で物質的な変容が起こるとしている。フルカネルリは、当時フランス最高の電子工学者として知られているヘルブロンナーの弟子であり、一九二六年に『大聖堂（カテドラル）の秘密』、一九二九年に『賢者の住居』という錬金術の秘密と原理を説いた本を発表、しかし第二次世界大戦を境に足跡は途絶え、彼につながる一切の痕跡は残されていない。なお、フルカネルリ（Fulcanelli）はペンネームであり、ローマ神話の火の神ウルカヌス（Vulcanus）と、ギリシャ神話の太陽神ヘリオス（Helios）の名を足してねじった言葉遊びだと言われている。『賢者の住居』はブルトンの愛読書。

*17 ランボーは一八七〇年八月二十五日付イザンバール宛書簡でも、シャルルヴィル市民の愛国的興奮を嘲笑している。

*18 一九四七年四月十一日にソルボンヌの大講堂でツァラが演説した『シュルレアリスムと戦後』（一九四八年刊行）に「ロシア革命は、世界の未来に開かれた窓であり、時代遅れの文明の枠組みを突破するものとして…」の一節があり、それを指している。

*19 人間戦線 Front Humain………ロベール・サラザック Robert Sarrazac（一九一三〜二〇〇六）が、核戦争の危機を孕んだ全世界の二分化への趨勢に抗する運動として、一九四七年、同志らと「人間戦線（フロン・ユマン）」の組織を立ち上げた。これは、あらゆる形態の国家間戦争に反対して、国家や国境なき世界市民権を要求する運動で、やがて元米軍パイロットのゲーリー・デーヴィスが登場し、米国籍を放棄して世界市民第一号を名乗り、国連総会妨害など華々しい活動を展開するに及んで、デーヴィスを中心とする「世界市民」運動へと発展した。一九四九年夏の時点で、東欧諸国を含む世界七六ヶ国からの世界市民権登録申請者は四十万人を数えた。カミュの強力な支援をはじめ、アインシュタインやジッドらが支持を表明するなど、知識層をも広く巻き込んだ。ブルトンは「人間戦線」創立当初からこの運動に参加しており、一九四九年二

月には、シュルレアリスム・グループとしての公開状で集団参加を表明した。また彼は、南仏カオールでの「世界化」記念式典にも列席している。しかし、同四九年十月、世界市民の概念には賛同しつつも、デーヴィスのカリスマ性や宗教界との接近に危惧を表明、運動自体もやがて衰退へと向かった。

*20 プラハで共産主義政党がクーデターにより政権を奪取した事件。これによりチェコスロヴァキアは、ソ連のスターリン体制の傀儡政権となり、東西冷戦がさらに深刻化した。

*21 シェイクスピア『マクベス』にある話。マクベスは、魔女の予言によって、バーナムの森が押し寄せて来なければ敗れることはないと信じていたが、実際は木の枝を隠れ蓑にして攻め寄せられた。

*22 ヘンリー・ミラーは一九四六年に作品における猥褻性が法令に違反するとして、社会道徳活動連合から告訴の対象となっていたが、翌四七年に告訴が回避された。

*23 ここでマティスを《フォルマリスト》と呼んだのには、ソ連共産党政治局員ジダーノフが提唱した社会主義レアリスムの要請に、マティスは無縁の芸術家であるという意図がある。特にアラゴンは、ピカソやマティスのような一流の画家を、自らの主義を推し進めるために、社会主義レアリスムの範疇に加えることを躊躇しなかった。

*24 ランボーの有名な言葉「およそ、職業と名のつくものがやり切れない。ペンを持つ手だって、鋤とる手だって同じことだ。——なんて手ばかり幅を利かせる世紀だろう。——こんな手などは誰にでもくれてやる」を指している。

*25 《ダンピエールの城館の驚異的な魔術的碑文》とは『賢者の住居』中にある重要な章立てのタイトル。フランス西部のシャラントに十六世紀に建造された《ダンピエール＝シュル＝ブトンヌ》という名の城館のことで、その大きな回廊の天井には、ラテン語の碑文が刻まれた九十三個もの箱型の梁で装飾されている。フルカネルリはそれらを解読し、ヘルメス学の観点から注釈している。

*26 レス枢機卿 Cardinal de Retz（一六一三〜七九）。フラ

ンスの貴族、フロンドの乱の立役者。著書『回想録（メモワール）』はブルトンの愛読書。

*27 マルコム・ド・シャザル Malcolm de Chazal（一九〇二～八一）。モーリシャス島出身の抒情的で幻想的な神秘的詩文家。一九四七年、ジャン・ポーランらによって突然発見され、数千のアフォリズムや思索文から成る『パンセ』や『造型感覚』シリーズで知られる。生涯のほとんどをモーリシャス島で過ごし、一九五〇年代からは、原始的で象徴的な自然風景画も多数描いている。

*28 「クリティック」二十号には、ジャン・ポーランのオマージュに返答する形でシャザルが書き送った書簡が掲載されており、同誌の冒頭に、その時点でのシャザルの著作目録が掲載されている。

*29 レーモン・ルーセルの戯曲作品のタイトル。一九二四年五月五日、パリのヴォードヴィル座で初演された際、援護に駆けつけたシュルレアリストたちと一般観客らとの間で、殴り合いに発展する大混乱が起こったことで知られる。ルーセルにとって、「額の星」とは、運命に選ばれた者、つまり天才のみが持つ、額に光り輝く星の意味がある。

*30 中心となる伝言とは、『造型感覚Ⅱ』のモーリシャス版のシャザルの序文を指している。

*31 一八九四年に発表されたモーリス・バレスの南欧紀行文『血と快楽と死と』。

*32 『子供たちの店』は「美女と野獣」で有名な十八世紀の作家、ジャンヌ＝マリー・ルプランス・ド・ボーモン（ボーモン夫人）の児童向け道徳物語集。『天使の失墜』は、人間の魂の段階的な浄化を意図したラマルチーヌによる未完の叙事詩。

*33 一九四七年十一月二十三日付ジャン・ポーラン宛のシャザルの手紙に「私は自分の血族同様に、スウェーデンボルグ派に属していました。」と書かれており、シャザルの思考体験にスウェーデンボルグの影響が窺える。

*34 マルタン・ラム著『スウェーデンボルグ』（一九三六年）の序文を指している。

*35 ここで「あなた方」が連発されているが、様々な敵を

言い表している。政府、アカデミズム、教会権力、フランス共産党の他に、戦前に王党派右翼のシャルル・モーラスの思想に傾倒して極右活動をしていた者が、戦後に共産主義者に豹変したクロード・ロワをはじめとする多くの知識層、さらにはシュルレアリスムを反革命の観念論などと批判する元シュルレアリストのロジェ・ヴァイヤンや、訳注＊13前掲の「革命的シュルレアリストたち」などが想定されている。

＊36 アンドレ・シェニエ André Chénier（一七六二～九四）。フランスのロマン派詩人。立憲君主制を信じルイ十六世を擁護する論陣に加わっていたため、大革命後、ロベスピエールによって断頭台の露と消えた。当時の一九四七年、アンドレ・シェニエの全集や伝記本が相次いで刊行されており、出版界を牛耳っていたアラゴンらフランス共産党の影響が見られる。

＊37 マルティネス・ド・パスクアリー Martinez de Pasqually（一七二七?～七四）。出自不詳の神智学者。フリーメーソンの歴史にも登場し、著書とされる『存在の再統合に関する論文』は、十九世紀から二十世紀のヨーロッパの神秘主義思想全般に影響を与えたと言われている。グノーシス主義やヘルメス学の影響を受けた終末論的宇宙観を展開したと言われるが、その思想と生涯の全貌は謎に包まれている。

＊38 エルネスト・ルナン Ernest Renan（一八二三～九二）。フランスの宗教史家、思想家。フランスの植民地主義による侵略を、劣った人種を文明の域に引き上げる「文明の使命」として正当化するなど、徹底した西洋近代文明至上主義による人種差別論者として知られる。一九四七年当時のフランス共産党は、戦前のフランス植民地について、民主化されたフランスの指導下にあった方が良いという論理に導かれ、事実上、植民地にフランスの優位性を強制し、愛国精神の発揚による中華思想的な精神構造を内包した党特有の帝国意識を植民地構想に反映させていた。

＊39 サン＝ティヴ・ダルヴェードル Saint-Yves d'Alveydre（一八四二～一九〇九）。フランスの神秘主義者、隠秘学者（オキュルティスト）。若い頃に隠秘学に造詣の深いヴィクトル・ユゴーと知り合い、隠秘学者のファー

ブル・ドリヴェの著作に深い影響を受ける。後には、フランス隠秘学者のスタニラス・ド・ガイタ侯爵やジョセファン・ペラダンらと交流、テンプル騎士団の子孫を主張するフリーメーソンや薔薇十字団のメンバーでもあった。政治と隠秘学との影響関係を考察し、アナキズムに対応して、独自に理想的な政治形態「シナーキズム：Synarchism」を構想したことで知られる。シナーキズムとは、薔薇十字団やテンプル騎士団のような選ばれた秘密結社が国家を統治する体制のことで、社会階級間が協力し、被統治者の権利を最優先した後に統治者の規範を決める共同統治を目指すという、人類統合すなわち有機的な調和を成し遂げる施策として提唱された。ここにはプラトンの『共和制』や人類再統合を謳う神秘主義思想（マルティニズム）の影響が見られ（このマルティニズムは前掲＊37マルティネス・ド・パスクアリーとその弟子で十八世紀最大の神秘思想家ルイ＝クロード・ド・サン＝マルタンの系譜がある）、西洋合理主義思想や西洋近代文明批判を基盤にしている。彼の弟子筋であるエゾテリズム（秘教）の思想家、ルネ・ゲノンは彼に大きな影響を受けている。代表的な一連の著作『統治者の使命』（一八八二年）、『ユダヤ人の使命』（一八八四年）、『インドの使命』（一八八六年）、『真実のフランスあるいはフランス人の使命』（一八八七年）は、ブルトンの愛読書であった。

＊40 ここでの優れた先人たちとは、プレイヤード版ブルトン全集Ⅲの注釈によれば、スウェーデンボルグとサン＝ティヴ・ダルヴェードルを指すという。

＊41 レーモン・クノーは一九四七年十一月、「紋切型辞典」を含んだフローベールの遺作『ブヴァールとペキュシェ』を自らの序文付きで刊行・紹介している。

＊42 『日々の生活慣習——ジャーナリズム概論』は、一九〇三年初版、一九二六年に再版されたマルセル・シュオッブの論文。一九四七年、フランスのマルクス主義社会学者アンリ・ルフェーブル（一九〇一〜九一）が、『日常生活批判』と題した論文で、シュルレアリスムが秘教主義に傾倒し史的唯物論を放棄していると批判したことを受け、ブルトンはシュオッブの『日々の生

活慣習』を持ち出して、そのタイトルへの意趣返しの意味を込めたと思われる。アンリ・ルフェーブルは、若い頃シュルレアリスム運動に属したことがあったが、その後、フランス共産党に入党し、独自のマルクス主義思想を展開した。

*43 「人間戦線」については訳注*19前掲。そもそも「人間戦線」は、ドイツ占領下において、フランス地下組織の対独ゲリラ戦士の少数の指導者から生まれた。彼らは自らが体験した戦争の愚劣さ、不条理を分析し、あらゆるイデオロギーから解放された上で、一九四七年初頭、ヨーロッパにおける連邦主義思想をいち早く提唱したスイスの思想家ドニ・ド・ルージュモンの思想を援用して、ロベール・サラザックを中心に革命的平和主義運動として「人間戦線」を立ち上げた。当初から国境なき世界市民運動を目的としており、その最初の大規模な集会が、副題にあるとおり、一九四八年四月三十日（金）、グルネル通りの園芸家ホールで開催され、ロベール・サラザックとアンドレ・ブルトンがスピーチを行った。本書はその時のブルトンのスピーチ原稿である。この集会は、「人間戦線」の運動資金のために、ブルトンの原稿類や、運動に賛同していた『海の沈黙』で著名な対独レジスタンス作家ヴェルコールの原稿類をオークションで競売にかけて終了したという。ブルトンはこの運動の理念をかなり重要視し、このスピーチ原稿を即座に『時計のなかのランプ』に追加収録した。すでに『秘法十七』でかすかに語られていた平和への希望が、このスピーチで全開し、情熱的な勢いで甦っている。この最初の討論集会から八か月後の同年十二月には、運動はさらに発展し、プレイエルの大ホールで開催された集会では、「精神のインターナショナリズム」をテーマに約五千人が参加、ブルトンの他にカミュ、サルトル、ジャン・ポーランらが演壇に立った。

*44 一九四六年十月に国民投票で第四共和政が成立したが、その政治体制の憲法的、政治的性格は戦間期の第三共和政とさほど変わらず、戦前の分立的な政党や老練な議会政治家が復帰し、戦前の枠組みばかりでなく、その慣例や手続きや駆け引きまで復活していく状況があ

った。

*45 この寸言は、サン＝ティヴ・ダルヴェードルから得たもので、一九四八年当時、ナチスの戦争犯罪に対して、ドイツ人全員が無差別に罪を背負い込こまなければならないという考えが世論に強く根付いていたため、それに反論する強い意味を帯びていた。また、統治者《gouvernants》と被統治者《gouvernés》という語彙は、十九世紀末にダルヴェードルという優れた幻視者の筆で書かれて以来、誰も使用してこなかった経過があり、当時としては新鮮な力を持っていたため、ブルトンは大文字表記（訳書ではゴシック体表記）で強調したと思われる。

*46 サン＝ティヴ・ダルヴェードルについては訳注*39前掲。

*47 ダルヴェードルに対して数々の陰謀が仕組まれてきたと言及しているのは、一八七〇～七一年に彼が侯爵位の簒奪を被って国外へ亡命したこと、そして第二次世界大戦後にヴィシー政府の一部門で彼の思想の影響が見られたとして、死後裁判で告発されたことを指している。

*48 この一節と次に書かれたくだりは、『真実のフランス（フランス人の使命）』の序章に見られる。アリストテレスによって定義された審議、司法、行政の三つの国家権力は統治者の政治法を構成し、今日の世界で適用されているものだが、ダルヴェードルはこれに対して、被統治者の社会法、すなわち教育上、法律上、経済上の三つの権力を対置している。理想的な社会においては《国の社会的評議会は、統治機構による政治的評議会に優先して影響を及ぼす、つまり司法よりも法律、行政よりも経済秩序全体が優先して影響を及ぼす》として、三部会の復活を訴える拠りどころとして、この理論を提唱している。ブルトンがこのスピーチで三部会に言及していないのは、おそらく過去への回帰と誤解されて不満を引き起こすことを恐れたためであろう。

*49 カタリ派は、十二世紀頃から南フランスや北イタリアで広がった中世キリスト教異端派の一つ。グノーシス思想やマニ教の影響を受け、霊肉二元論に立脚し、内的な啓示（イリュミナシオン）を重んじた。神による

＊50

一元的な創造、三位一体、幼児の洗礼、免罪符、階級的な教会組織を一切認めなかったため、教皇とフランス王は異端審問を開始、十字軍を派遣して武力弾圧に乗り出し、数十年にわたる迫害と抵抗、反乱の末に、ついに一二四四年、最後の砦であった南仏モンセギュールが陥落し、立てこもっていた多数の信者が火刑に処され虐殺された。当時の南仏で有名な吟遊詩人（トルバドゥール）たちは、騎士道的な恋愛を歌うと同時にカタリ派と密接な関係を持っていたとされ、カタリ派は、カトリック教会組織に対抗する民衆運動であったとも言われている。

一七八九年七月十四日にフランス革命が勃発、革命の波が全国に広がる同年八月四日夜、三部会（聖職者・貴族・一般国民の三部で構成され、革命時に憲法制定国民議会に発展）は、封建的特権と領主制の廃止を宣言し、法の前の平等の前提条件を実現させた。

＊51

フランスのユートピア社会主義者サン＝シモン（一七六〇～一八二五）は、資本家と労働者は対立する関係ではなく、互いのエゴイズムを抑制して一体化し、そうした生産者階級が社会を主導する調和した理想社会（産業制社会）の構築を主張した。その影響を受けた思想や倫理体系をサン＝シモン主義と呼び、その最高指導者プロスペル・アンファンタン（一七九六～一八六四）や、フーリエ主義にも影響を受けたフロラ・トリスタン（一八〇三～四四／画家ゴーギャンの祖母）は労働者や女性解放、自由恋愛を訴えて、政府、教会権力、資本家らへの抵抗活動を続けた。その思想はコンスタン師（エリファス・レヴィ）にも影響を与えており、ブルトンは頻繁にその思想を援用している。サン＝シモン主義は、最近になって、現代の産業社会、消費資本主義を予見した思想として、社会主義運動につながるものとして再評価されている。

記号の逆転への渇望

訳者解題

『時計のなかのランプ』*La lampe dans l'horloge* は、一九四八年六月十五日（紙質の問題で一旦回収されたため、実際に出回ったのは同年十月）、アンリ・パリゾの編集になる《黄金時代《ラージュ・ドール》》叢書の一冊として、パリのロベール・マラン社より二二五〇部の各巻番号入りで、トワイヤンによる表紙デザインとコラージュ及び扉絵を付して刊行された。そのうち二五〇部は、扉絵に使用したトワイヤン作品のオリジナルのカラー・リトグラフ一葉を無綴じで挟み込み、ベラム紙仕様の特装本として刊行されており、本書の扉絵は、その特装本のカラー・リトグラフを再現したものである。

さらに初版には、トワイヤンの扉絵の他に、ラコストの城でのブルトンの写真と、「人間戦線」の公開討論会でのスピーチが付録として追加収録されており、本書は、この初版の内容・構成を訳出・再現したものである。

『時計のなかのランプ』初版本

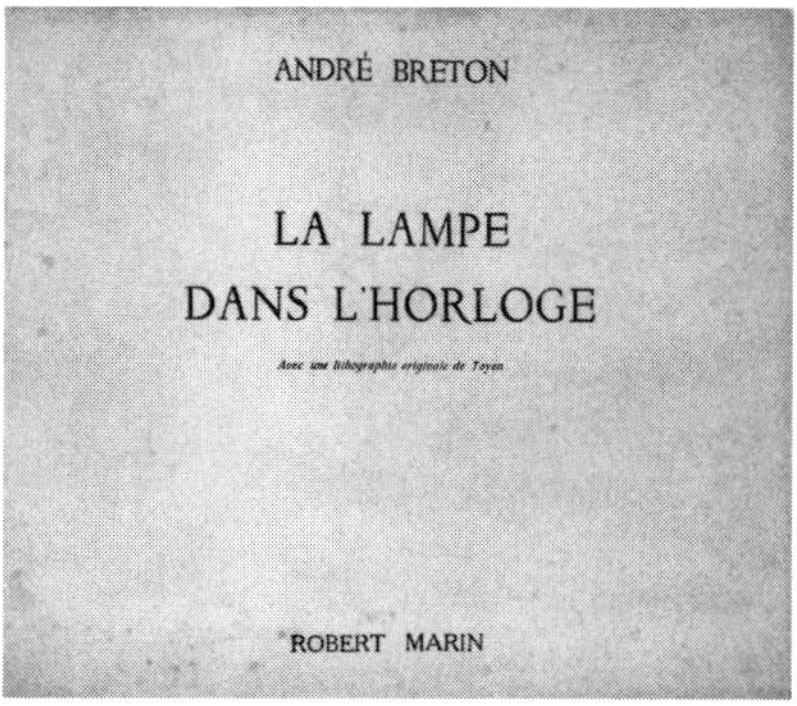

『時計のなかのランプ』特装本　　（いずれも訳者蔵）

のちの一九五三年、「時計のなかのランプ」は評論集『野の鍵』に再録されたが、この「人間戦線」のスピーチは再録されなかった（おそらく「世界市民」運動の主導者ゲーリー・デーヴィスへの失望が影響したためであろう。本書訳注＊19参照）。しかし、訳者としては、当時、ブルトンが、すべての国家間戦争に反対して国家や国境なき世界市民権を要求する運動に、いかに肩入れしていたか、そのことが我が国の一般読者にあまり知られていないこと、そして、昨今の世界の悲惨な情勢に鑑みて、現代に通じる内容であることから、本邦初訳で紹介した次第である。

戦後の困難な情勢

さて、本書を読み解くにあたって、当時のアンドレ・ブルトンがシュルレアリスム運動を継続するうえで、いかに困難な状況にあったかを知る必要があるだろう。第二次世界大戦中、アメリカへ亡命を果たしたブルトンの事績については、すでに拙訳書『マルティニーク島蛇使いの女』（二〇一五年、エディション・イレーヌ刊）の解説で詳述したが、帰国後にさらなる艱難が待ち受けていたのである。

ブルトンがパリに帰還したのは一九四六年五月、すでにナチの降伏から一年が経過していたわけだが、ナチ占領時代の反動として、戦勝国ソ連と密接な関わりを持った共産党系組織が、レジスタンスの愛国精神を利用して、新聞雑誌や書籍出版に関して絶大な力を握っていたのである。それればかりか、レジスタンス運動から生まれたCNE（作家全国委員会。委員長はアラゴン）が出版界を牛耳り、中でも芸術家の「政治参加」（アンガージュマン）という口実のもとに共産党の言いなりになっている実存主義が幅を利かせるようになっていた（これは我が国の翻訳出版状況を見ても明らかだ。昭和二十年代から四十年頃まで、アラゴン、エリュアール、サルトルらの膨大な翻訳出版点数がそれを物語っている）。

そもそもアンドレ・ブルトンは、一九三〇年代初頭からすでにモスクワ体制に厳しく反対の声を上げた最初の知識人であった。最近でこそ、旧ソ連社会における個の自由を剝奪した悲惨な実態を我々は知っているが、当時の西欧の知識人は、ロシア革命後のソ連社会に大きな理想を描いており、それは戦後になっても、フランス共産党をはじめ、ほとんどの知識人が、その悲惨な真相を見透かすことができなかった。芸術の自由を訴えるトロツキズムを援用しただけで特権階級意識の持主だと糾弾されるなか、三〇年代以降のブルトンの活動の歴史は、スターリニズムを是とする知識人や左翼陣営との闘いの連続だったと言ってよい。しかも第二次世界大戦終結後、ナチズムを打倒したと勝ち誇る戦勝国ソ連のスターリン体制と、ナチ占領下で抵抗を続けたと宣伝するフランス共産党系組織が、これまで以上に結びつき、マルキシズムを根拠にした唯物論全盛の風潮が知識層に広く浸透していたのであった。

すでに戦前にシュルレアリスム・グループから離反していたアラゴンは、共産党幹部に昇進して文化面での権力を掌握、エリュアールはスターリン礼賛の詩を書き、かつてダダイストを名乗ったはずのトリスタン・ツァラは、戦後にフランス共産党に入党し、戦中にアメリカへの亡命をブルトンに依頼したが果たせなかった恨みをぶつけるが如く、一九四七年四月にソルボンヌの大講堂で「シュルレアリスムと戦後」と題してスピーチ、シュルレアリスムを反革命の観念論だと糾弾し、聴衆のブルトンらと一大騒動がもちあがったことは有名な話だ。彼らだけでなく、古くからのシュルレアリストの多くが、レジスタンス運動に参加したという自惚れから、アメリカへ亡命したシュルレアリストたちを移民貴族だとこき下ろすなど、まさに知識層のほとんどが共産党系組織の影響下にあった。

すでにこうした状況を見越していたブルトンの盟友バンジャマン・ペレは、一九四五年に『詩人の不名誉』と題し、愛国的な連禱という退行的な形式に堕してしまったレジスタンス詩を酷評した小冊子を出していたが、四七年六月にブルトンは、フランスにおけるシュルレアリスム・グループ全員による声明『開幕を告げる決裂』と題した小冊子を発行、スターリニズムとその原則、フランス共産党とその極端なナショナリズムや愛国精神による植民地思想を、あらためて厳しく糾弾し、旗幟を鮮明にしたのである。

そして目先の政治状況や知的風潮に惑わされることなく、戦後初のシュルレアリスム国際展を、一九四七年七月七日から三ヶ月間、パリのマーグ画廊で開催、シュルレアリスム復活の狼煙を上げる。これは、マルセル・デュシャンとの共同立案で、長い射程距離を持って人類の行く末を見つめ、世界の危機状況を前に人間の悟性の変革を目指そうと、時を超えた広がりを持つユートピア思想や世界の秘教的認識を詩的な糸口として、観客をイニシエーション的な迷宮に導くよう構成されたものだった。開催期間中には、大勢の観客が訪れ、エルンスト、タンギー、マッタ、ブローネル、ミロ、トワイヤンをはじめとする二十五ヶ国から百名近くの芸術家の作品が展示され、大きな反響を呼んだ。

しかしこの年から翌四八年初頭にかけて、シュルレアリスムに対して、いかに多くの批判が加えられていたか、訳者の知り得る範囲で以下に列挙してみよう。まず先述したツァラのスピーチ

『シュルレアリスムと戦後』が本になって出版されたこと、次に、元シュルレアリストで共産党員のマルクス主義社会学者アンリ・ルフェーブルが著した『日常生活批判』、戦前に「大いなる賭け《グラン・ジュ》」誌の共同編集に携わった元シュルレアリストで、ファシストの警視総監を礼賛したせいで除名となった経歴がある共産党員ロジェ・ヴァイヤンの『革命に反対するシュルレアリスム』、本書中にも触れられているが、ノエル・アルノーやクリスチャン・ドートルモンらが組織した「革命的シュルレアリスム」の声明、さらに当時、人気上昇中であったサルトルの『文学とは何か』……など、いずれもが一九四七年から四八年初頭にかけて発表されたもので、シュルレアリスムの神秘主義への傾倒や史的唯物論の放棄、革命への観念論的非有効性等を批判しており、そのさまは集中砲火を浴びるがごとくであった。

　批判論者に共通しているのは、近視眼的な現実主義に立脚し、スターリニズムと繋がったフランス共産党への同調あるいは親近感を示していることだ。しかも彼らは、人類全体が置かれた危機的状況（新たな全面的紛争と原爆等による破壊の脅威、平和・自由・民主主義といった言葉の偽装倒産など）よりも、当時のフランス第四共和政下の戦前と変わらぬ党利党略に対抗しようと、愛国精神に基づいた自己流マルキシズムを訴えることに主眼を置いた狭小な視野しか持たなかったと言ってよい。

そうした暗澹たる状況に対して、憤激を持って書かれたのが本書『時計のなかのランプ』であった。初版本は表紙にトワイヤンのコラージュが載せられたと冒頭で述べたが、この作品は、プラハの有名な時計台の中に、白熱灯のランプが灯っている様子を描いたもので、戦後に共産主義の圧政下にあったプラハからパリへ亡命を果たしたトワイヤンの憤りと祈りが込められている。本書に書かれた一九四八年二月のプラハでのクーデターにより、彼女の故郷チェコスロヴァキアが完全にソ連の傀儡下に置かれ、彼女は祈るような思いで白熱灯ランプを自由の灯火として描いたのであろう。

いや、それだけではない。この灯火は人類全体の生命の灯火でもある。本書は、一九二四年、生活の効用の観念を根本的に逆転させようとした『シュルレアリスム宣言』を、一層深化させたかたちで自らの思想的立場を鮮明にし、核による世界殲滅の危機下における戦後のシュルレアリスムの方向性を打ち出した貴重なエクリチュールとも言えるだろう。人間を疎外するあらゆる《敵》を攻撃して憚らない姿勢は、戦闘的思想家として恐れられたブルトンの面目躍如たるものがある。批判論者は、戦後のブルトンの思想を神秘主義に傾倒したと言うが、そもそも『第二宣言』（一九三〇年）をつぶさに読むと、ランボーの「人生を変える」から遡って、隠秘学（オキュルティズム）への明確な志向と賛同が読み取れるのは、今さら言うまでもない。

記号の逆転

このことについて、訳者は拙訳書『太陽王アンドレ・ブルトン』（二〇一六年、エディション・イレーヌ刊）の解説で詳述したが、シュルレアリスムとは、そもそも太古からの人類の失われた能力や悟性の復権を目指すものでもあったわけで、ギリシャ・ローマ文明以来二千年余の間、人類に根づいてきた表層的な効用の観念、すなわち、すべてを物理的な実利性に帰する現世的功利精神を根底から覆す、価値観の全面的見直しを社会に突きつけるものであった。

本書においても、隠秘学がキーワードになっているが、わかりやすく言えば、もともと洋の東西を問わず、太古の人類にとっては普遍であった感受性や思考法が、ギリシャ・ローマ文明以降の実利的思考に席巻され、文字どおり隠秘学（オキュルティズム＝ラテン語の occultus は「隠された」の意）と呼ばれて、時の権力者の弾圧から隠れるが如く、地下の底流のように脈々と引き継がれてきたものだ。それがここ二百年の凄まじい技術文明の席巻に抗して、秘教的思考に関心を抱くことをやめなかった詩人たち、ユゴー、ネルヴァル、ベルトラン、ボードレール、ロートレアモン、ランボー、マラルメ、ジャリ等々、思想面では、サド、フーリエ、ルイ＝クロード・ド・サン＝マルタン、プロスペル・アンファンタン、フロラ・トリスタン、エリファス・レヴィ、サン＝ティヴ・ダルヴェードル等々を経て、シュルレアリスムが総括することによって、その地下水脈が一大貯水湖のように浮かび上がったのである。

本書でブルトンが、合理的・功利的思考による技術文明の最悪の成果物としての最終絶滅兵器の脅威に抗して、記号の逆転（renversement de signe）を強く訴えているのは、まさにその視点からであろう。しかしこの記号の逆転は、一般読者にすれば、到底実現不可能な夢物語に感じられ、ある意味、楽天的に映るのではないだろうか。戦後にブルトンと出会い、シュルレアリスム運動に参加したフィリップ・オードワンは、その辺のところをこう述べている。

「生を変革するという希望は、フーリエの予定調和であろうと、サン＝シモンの共同体であろうと、あるいは世界市民権を要求する運動であろうと、いずれの場合も一見実現不可能なユートピア的計画である。だが、このような態度は、人が想像するほど素朴なものではない。それは悟性がまず最初に、または同時に変革されなければ、世界を変革するための実際上の、つまりは政治的な手段の有効性に関するペシミスティックな見地から発しているものだからである」（『シュルレアリストたち』より）。つまり、人間の内的な変革が始まらない限り、政治がどのように社会構造を変革しようと、現代世界の流れは変えられない（逆も然り）という、ある意味悲壮な信念から発した、唯一の希望もしくは欲望であり、今日の惨たる世界情勢から見れば、あえて記号の逆転を訴えたことは、もはや絶望に近いまでの、辛うじて残された唯一の手段、つまり、私たち現代人に将来として与えられている唯一の手段ではないかと思えてならない。

それはこう言い換えてもよいかもしれない。つまり、ブルトンのこの提唱は、時代としてあまりにも早すぎたせいで、批判論者の誰にも理解できなかったのではあるまいか。かつてマンディアルグが指摘した、時代の先を見通すブルトンの恐るべき冥い透視力（『等角投像』一五二頁参照、二〇一六年、エディション・イレーヌ刊）は、二十一世紀の現代にあってこそ、説得力を持つようになる種類のものではあるまいか、ということだ。

感性的評価の対置

本書『時計のなかのランプ』を、何か理論的な知識が得られるとか、思想を知るうえでの論理的欲求をもって読んだ人は、失望を覚えるかもしれない。アニー・ル・ブランが言うように、シュルレアリスムは、芸術運動でもなければ、思想の論理的構築物でもないからである。ブルトンの文章自体が、生の鼓動のごとく、生々しく脈打っていることからして、彼のエクリチュールは異質である。本書にもランボーに触れた箇所がたびたび出てくるが、有名な『見者の手紙』を引くまでもなく、ブルトンがあらゆる手段を用いて、「人生を変える企て」としての、意識の最高段階としての詩を主張しようと試みているのも、言い方を変えれば、西洋文明が構築してきた効率と合理性の諸価値に、唯一の知的・道徳的指標としての感性的評価を意図的に対置してきたことの表れであろう。「記号の逆転の可能性は、純粋な感覚的事実に支配されており、まさにその事実のおかげで矛盾律は乗り越えられるのだ」とのブルトンの寸言は何よりもそのことを指している。

アニー・ル・ブランは、それとは逆の、ミシェル・フーコーが推奨した主体の消去といったものに続く、哲学的脱構築の企て、いわゆる理論的現代性なるものが、この文明の合理的諸価値の推進に一役買っていたのではないか、つまり、総体的な生身から遠ざかった断片的思考と論理に固執し、人生ではなく、テクストとテクスト性に依存していたのではないかといみじくも指摘している。実際に、フーコー以後のポスト構造主義からはじまった、いわゆるポストモダニズムという名称で括られる幾多の理論的構築物が、泡沫のごとく流行しては賞味期限切れになる様を幾度目にしたことだろう。これらは私たちの生き方はおろか、感性を刺激することすらない。それは思考することの不可能性ではなく、むしろ生きた存在を考察する上での理論的思考の無力さを示すものであり、生身で存在するものの内部を理論的思考で考察すること自体が不可能であるからだ。かつて、フーコーの著作『言葉と物』に心酔したジャン・シュステルが、ブルトンの前で熱心にその良さを説明した時、ブルトンが言い放った一言が思い出される。「なるほど、しかし我々にとってこの本は、何をもたらしてくれるというのかね?」。(『あの日々のすべてを想い起こせ』ラドヴァン・イヴシック著、松本完治訳、二〇一六年、エディション・イレーヌ刊より)

その意味でも本書のエクリチュールは刺激的である。広島への原爆投下から三年、核兵器による世界終末の脅威が現実化した時点で、ブルトンはいち早く、前世紀の詩人たちが抱いた世界終末への誘惑をきっぱりと拒否するのだ。「このような世界の終わりは、我々のものではない」と。核による殲滅という、世界の終わりが可視化できる時点以降、人間の想像力や思考からいかに無限の展望と、さらには、無限の否定のありとあらゆるモデルを奪ってしまうのか、おそらく感性のこのような損傷の予感を、ブルトンは誰よりも早く感じ取っていたのであろう。

アニー・ル・ブランは二〇一六年の東京での講演の際、本書についてこう言い放つのである。「この注目すべきテクストで、もう一度、アンドレ・ブルトンは感性の羅針盤に身を任せ、同じ動きでもって、歴史的展望と抒情的展望を視野に収めながら、風景全体を再考しようとしています。しかも何というやり方でしょう、一年前に詩的アナロジーに託すことができると考えた「上昇記号」を踏まえつつ、記号の逆転に訴えかけているのですから」（『シュルレアリスムと抒情による蜂起』二〇一七年、エディション・イレーヌ刊より）。そして核の現実性を作り出した商業的世界が、自らの秩序を私たちに押し付け、感性的領域に拒否の余地をなくしつつある時、詩的プロセスの核心に立ち戻ったブルトンの訴えは、それら世界に対抗できる唯一のエネルギーであろうと指摘しているのである。

バタイユの書評

この戦後の時期、四方八方から批判や中傷を浴びていたブルトンに対して、ジョルジュ・バタイユはシュルレアリスムを擁護する姿勢を見せた数少ない知識人の一人だった。ブルトン帰仏直後の一九四六年、バタイユが「クリティック」誌に「シュルレアリスム、実存主義との違い」を発表、「おそらくここ二一〜三十年を通じ、アンドレ・ブルトンほどに、人間の意味をも巻き込むようなことを、ごく些細な行動にまで与えた者はいない」と書けば、ブルトンは翌四七年、新刊の『秘法十七』をバタイユに献呈、「我が人生において知るに値した数少ない人物の一人、ジョルジュ・バタイユにこれを捧ぐ」と献辞を書いている。

そして本書『時計のなかのランプ』刊行の翌一九四九年二月「クリティック」誌で、バタイユはブルトンの同テクストの書評を発表、冒頭でこう書くのである。「来るべきものの予兆を読み取るために地平線と空を注視するあらゆる人々のなかでも、アンドレ・ブルトン以上に強烈な、問いかけの執拗さと発見への渇望を持った者はほとんどいないだろう。ましてや今まさに現れつつある一つの兆候に対し、彼ほどに注意を傾ける者は誰もいない」(『バタイユとその友たち』二〇一四年、水声社刊所収、鈴木雅雄訳より)。続けて、ブルトンが前世紀の詩人たちの世界の終わりへの誘惑をきっぱりと拒否し、「記号の逆転」に訴えかけていることについても、ブルトンの思考の運動が、不明瞭な見かけとは裏腹に、必然性と一貫性の性格を備えていると評価するのである。

ブルトンは本書の後半部で、神秘的詩文家マルコム・ド・シャザル(訳注＊27参照)を賞揚し、彼の到達点までバタイユは及んでいないというような、ある意味バタイユへの批判的な言辞を弄しているが、バタイユはその批判には反応せず、逆にブルトンが、快楽と死のあいだに認められた結びつきを通して、驚くべき真実を発見していると指摘する。すなわち、ブルトンが「生のなかの聖なるものを構成し得る一切のものへの悲壮な訴え」を宣言したことに同意を示すのである。「聖なるもの」とはバタイユ思想の核の一つであるだけに、宗教的・神秘的体験に触れたシャザルを通じたブルトンのこの発言に、同意を示した意味は大きい。いわば、そこに微妙な思想的食い違いがありこそすれ、ブルトンとバタイユの思想ベクトルは、双曲線的に相似形を描いている表れであろう。

　この書評の最後に、バタイユはこう書いている。「私が語ったことは、実のところこの本の目立つ側面を過小評価しているかもしれない。すなわちこの時代に対する憤りである。事実、あらかじめ憤りに息を詰まらせているのでなければ、驚くような真実に目覚めることもできないだろう」（鈴木雅雄訳）。そのバタイユ自身も、戦後の危機的な状況、すなわち精神的な隷属状態に人間が反応しておらず、人間全般の生が衰退している状況に憤り、憂慮しているのである。バタイユの言葉である「人間の運命への愛」、そこから発する息が詰まるような憤りを二人は共有しているのであり、憤りという感情によって真実に目覚めるという本書の感性的価値をバタイユが評価した意義は大きい。このような二人の互いの思想的信頼はバタイユの死まで続いたのである。

あり得ない薔薇

さて、本書の付録として収録した『「人間戦線」の最初の公開討論会で行われたスピーチ』であるが、文字通り、「人間戦線（フロン・ユマン）」運動の最初の冒頭あいさつである。この運動については、訳注＊19及び43で詳述したので参照されたいが、ブルトンは発足当初から大きな情熱をもって参加している。主唱者のロベール・サラザックは、第二次世界大戦中、フランス地下組織の対独ゲリラ戦士の指導者として、戦争の愚劣さ、不条理を骨の髄まで体験した、まさにブルトンの言う真のレジスタンスの生き残りであった。同様にブルトンも、若き日に看護師兵として第一次世界大戦の激戦地に従軍、傷病兵の悲惨さと地獄を目の当たりにしているだけに、激戦をくぐり抜けたあげく、国民国家に疑義を突きつけるサラザックという人物に、よけいに共感を抱いたであろうことは想像に難くない。ましてや、《愛》と《自由》と《詩》をもって祖国に代え、《三色旗に一度も脱帽しなかった》ブルトンが、核による国家間戦争の危機を孕んだ世界情勢下において、この運動に肩入れするのは、むしろ自然の成り行きと言えよう。

西洋近代が発明した国民国家（ネーション・ステート）制度は、それまで国家意識の薄かった一般民衆を、行政・経済・福祉等の制度下にはめ込んで保護する代わりに、いざ国家間戦争となれば、国家を防衛する義務として国民総動員という負の側面を持ち合わせ、さらには人工的に国境線を画定したために先住民族等との内乱を引き起こす要因ともなって、二十世紀に入った途端に、その負の側面が大きな悲劇を露呈し始めたことは今さら言うまでもない。だからと言って、国家や国境なき世界市民権を要求する運動は、実現不可能なユートピア的計画ではないかと思われるだろうが、七年前、私は南仏に行った際に、島国の日本とは違い、実際にフランスには、現在でもその理想を希求する人々が少なからずいることを思い知らされたのである。

二〇一七年六月、私はフランスの友人で詩人・作家であるナディーヌ・リボー夫妻と一緒に、南仏にある中世の美しい村、サン＝シル＝ラポピーへ訪れたことがあった。サン＝シル＝ラポピーは言わずと知れたブルトンの別荘がある村だ。別荘といっても中世の船宿であった建物が廃屋として残された、粗末な石造りの旧家だ。パリから高速道路で出発し、オルレアン、リモージュ、カオールへと約六〇〇キロの行程を南下、カオールで高速道路を降り、ロット川沿いの断崖絶壁下の道を四〇キロほどくねくねと進む。石灰岩高原地方の白い岩肌や、時折、赤茶色の屋根が密集した小さな村が見え、何とも美しい風景が続くなか、小一時間ほど進むと、前方にロット川から屹立した断崖絶壁上に、赤茶色の屋根をした教会の尖塔を頂点に、世にも美しいサン＝シル＝ラポピーの村が現れるのだ。

そこで私は、村と共同でブルトンの旧家を管理している《あり得ない薔薇》財団（l'association La Rose Impossible）の存在を知り、財団主宰者の案内でブルトンの旧家屋へ入って見学するという僥倖に巡り合ったのである。見学の内容については本稿が長くなるので省略するが、なぜ財団名が《あり得ない薔薇》なのか、村役場の芳名録帖に、ブルトンが書いた次の文章を発見したのである。

一九五〇年六月のこと、世界ルート一号線——唯一の希望の道——の開通を祝したドライブの終着点でのことでした。ベンガル花火に照らされたサン＝シルが私の目の前に現れたのです——それは夜の中のあり得ない薔薇のようでした。戻ってきた次の日の朝、その花、驚くべきことに、炎が尽きたにもかかわらず、完全な姿を留めていたその花の芯に身を置く誘惑に駆られた私は、たしかに稲妻に打たれたのに違いなかったのです。他のどんな場所よりもはるかに――アメリカやヨーロッパのどんな場所よりも――サン＝シルこそは私にとって唯一の魅惑の場所に思えたのです。永遠に住み着く場所として。私は他の場所にいたいとは思わなくなりました。

アンドレ・ブルトン　一九五一年九月三日

そう、ブルトンがサン＝シル＝ラポピーを発見したのは、「世界市民」運動の祭典の夜、すなわちロベール・サラザックの故郷に近い都市、カオールが世界都市第一号と位置づけられ、そこからサン＝シル＝ラポピーへ向かう道路を世界ルート一号線として認定された記念すべき夜のことであった。財団はこの夜を回想した美しい彼の文章から名称を冠していたのである。ブルトンの情熱は即座に行動に移されるものとみえ、サン＝シルを発見したその翌月の七月、ロット川を航行する船見櫓（塔）と船頭の宿泊所であった十三世紀の廃屋を早速購い、翌五一年夏、友人たちの協力でその廃屋を修繕・整理し、ようやく住める状態になった九月に、先述の芳名録帖に文章を書いたわけだ。以後、ブルトンは一九六六年の死の年まで、毎夏そこに逗留し、多くの旧友やシュルレアリストたちが訪れた。

しかし私が何よりも驚いたのは、そのブルトンの旧家の石積みの塀の上に、数々の小石が置かれていることだった。石はブルトンが愛してやまないものだが、財団の主宰者に伺うと、今も「世界市民」運動の信奉者たちが村に訪れて、ブルトンへの敬意を込めて石を置いていくのだという。当時、運動の主導者ゲーリー・デーヴィスが教会組織に接近したため、ブルトンはやむなく運動から直接手を引くのだが、運動が現在も継続されていて、いまだにブルトンのインターナショナルな思想と行動に敬意を表する人々が後を絶たないのである。

そしてサン＝シルからの帰途、私はもう一つ大きな発見をする。ちょうどサン＝シルとカオールの中間ぐらいであろうか、道端に《世界ルート一号線》の標識が立っていたのだ。それを発見するや、ナディーヌ夫妻は狂喜して車を止め、標識を愛おしそうに眺めるのだった。それは先述のブルトンの文章にあるように、世界ルート開通式典時に立てられた標識で、かなり錆びついてはいるが、「KÖNIGSWINTER（ケーニヒスヴィンター）1150.5km／MOSCOU（モスクワ）3691km／NEW DELHI（ニューデリー）9991km／VERS（ヴェール）6km」と記されている。世界ルートという文字は茶色い錆でまったく見えないので、なぜ車内から標識を識別できたのかナディーヌに問うと、フランス人の間では、カオール～サン＝シル＝ラポピー間の世界ルートは結構有名で、たぶん標識があるのではないかと探していたそうだ。

私は彼らの喜びに驚くとともに、あくまで理想を失わず、その信条を大切にする姿勢に一種の感動を覚えたものである。世界のグローバル化が進むにつれ、国家間の競争が熾烈を極め、ナショナリズムが急激に擡頭する今日、たとえ実現困難であろうと、この運動の精神を忘れてはならない、つくづくそう思ったのである。なぜなら、国民国家なるものが統治者によって人工的に作られたものである以上、被統治者は基本的に国家なるものを信用してはならない

世界ルート1号線標識。
両腕はナディーヌ。撮影／訳者

からである。ブルトンが愛読していたサン＝ティヴ・ダルヴェードル（訳注＊39参照）は、ルソーの『社会契約論』をさらに押し進めて、被統治者の最大限の権利行使を謳い、政治的なものより社会的なものを優先した調和社会を提唱しているが、それは現状の国民国家制度への強い不信に裏付けられたものである。その意味でも、本書でこの運動の最初のスピーチを紹介することは無価値ではないだろう。唯一の希望に賭けたブルトンの飽くなき情熱が、却って我々の胸を打つのである。

ランプの灯

「シュルレアリスム宣言百年」の節目に、数あるブルトンの著作から、なぜ本テクストを訳出したのか、それは第二次世界大戦直後に、いち早く核の脅威に反応し、深い文明史的・精神史的視野から危機を訴えたもので、まさに現代の危険極まる世界情勢に一直線に通じるものだと思ったからである。現代は八十年近く前の世界状況と、危機は増しこそすれ、その嫌悪すべき基本的な構造はほとんど変わっていない。唯一、構造的変化があるとすれば、究極の商業主義が生み出した、生成ＡＩ（人口知能）の恐るべき発明である。これは人間の思考や想像力を内側から腐らせ、個々人のオリジナリティを破壊するばかりか、たとえ使用規制を厳格化したとしても、原子力と同様、人類を確実に滅ぼす武器になることは容易に想像できる（すでに戦闘兵器に運用され始めており、誤情報や悪用による核弾頭発射も現実味を帯びている）。にもかかわらず、ブルトンのように憤りをもって、生成ＡＩを弾劾する知識人の声をいまだ寡聞にして知らない。それほど世の知識人も、功利効率の商業的消費世界に身も心も絡め取られてしまったわけであろうか。

言うまでもなくシュルレアリスムは、第一次世界大戦という、理性と道徳の名のもとに不条理と虐殺と恐怖を生み出したひとつの文明に対する暴力的反抗をダダと共有したのち、受け入れがたい人間の条件への反抗として、もはや意味を持たない世界に意味を再び与えようとした、若者たちの狂おしい試みから始まったものだ。そして一九二四年の『シュルレアリスム宣言』をもって、過去の歴史観を、効用の観念を根底から覆し、生活ならびに生き方における精神姿勢を一新し、二十世紀の芸術、思想、あらゆる分野に大きな転換をもたらしたのは紛れもない事実である。

運動はブルトン亡き後に潰え去ったが、その精神は、現行の世界に決して甘んじることなく、時間の解決しない生存の困難さを覚える人々の中で決して消え去ることはないだろうと、私は信じている。ブルトンが生きた時代より、はるかに圧倒的な物量と技術で、人間の精神や思考を飼い馴らして家畜化していく時代。外的には、それによる地球汚染で住民全体を壊滅させる気候災害が頻発し、世界各地で汚れ切った戦争と虐殺が勃発、しかも明日にでも核弾頭が飛来して〝最終的な夜と砂漠〟が作られる恐怖下で生きなければならないという、この功利一辺倒の技術文明の成れの果てともいえる悲惨さを前に、私たちは絶望的な状況に追い込まれている。

このような状況において、私は八年前にアニー・ル・ブランが東京で訴えたことを、もう一度繰り返すことしかできないでいる。すなわち、かつてブルトンが誰にもまして示していた、この社会や文明に対する「感性的不服従」の姿勢を、個々人が体得すること、それがすぐにでも私たちにできることであり、この恐るべき功利文明への反抗の礎になるだろうと。

ブルトンが最晩年に、シャルル・フーリエの言葉から打ち出した、この功利的消費社会と技術文明から距離を取るという「絶対の隔離」の姿勢を思い出してもいいだろう。もはや私たちには選択肢がさほど残されていないのである。人類、そしてこの地球の長い時計のなかのランプの灯を消さないためにも。

二〇二四年二月

ギリシャ古代から現代に至るまでの絶えざる技術の進展――それは否定できません――は、その他の面における絶えざる後退――これまた明白です――と表裏一体の関係にあるのです。ユイグ氏はその各段階を次のように区切っています、ローマ帝国、十三世紀のブルジョワジーの勃興、十五世紀から十九世紀までのブルジョワ的実証主義の確立。私たちが到達した現段階では、合理的次元の確信は時代遅れのものにみえること、技術上の成功の蓄積は脅威的・破局的様相を呈していることを認めなければなりません。人間はいまや真の《秩序復帰命令》をつきつけられているのです。人間が進路を誤ったことをすべてが指し示しており、すべてが人間に《危ない》と叫んでいます……

一九五〇年七月　アンドレ・ブルトン

（J＝L・ベドゥアンとP・ドマルヌによるインタビューに答えて）

時《と》計《けい》の中《なか》のランプ

発行日　2024年4月27日

著者　アンドレ・ブルトン

扉絵　トワイヤン

訳者　松本完治

発行者　月読杜人

発行所　エディション・イレーヌ　ÉDITIONS IRÈNE
京都市右京区嵯峨新宮町54-4　〒616-8355

電話 : 075-864-3488　e-mail : irene@k3.dion.ne.jp

URL : http://www.editions-irene.com
印刷　モリモト印刷（株）

造本設計　佐野裕哉

定価　2,500円+税

ISBN978-4-9912885-1-7 C0098 ¥2500E